SUTOPPU!

Koko wa kono man
Hantaigawa kara yo
Dewa omatase shir
Tanoshii hitotoki w

W0214801

Egmont Manga Chiimu

STOPP!

Das ist der Schluss des Mangas.
Fangt bitte am anderen Ende an!
Und nun genug der Vorrede,
viel Spaß beim Lesen!

Euer Egmont Manga Team

„Weißer Drache 01" von Meguru Hinohara
Aus dem Japanischen von Monika Hammond
Originaltitel: „Kamisama no Uroko" vol. 1

Originalausgabe:
KAMISAMA NO UROKO vol. 1
© 2019 Meguru Hinohara
Japanese Cover Design = Tomohiro Kusume (arcoinc)
All rights reserved.
First published in Japan in 2019 by SHINSHOKAN CO., Ltd. Tokyo
German version published by EGMONT Verlagsgesellschaften mbH under license from SHINSHOKAN CO., Ltd.

Deutschsprachige Ausgabe erschienen bei
Egmont Manga
verlegt durch Egmont Verlagsgesellschaften mbH,
Alte Jakobstraße 83, 10179 Berlin

1. Auflage 2021
Verantwortliche Redakteurin: Luisa Steinhäuser
Textbearbeitung: Katrin Aust & Etsche Hoffmann-Mahler
Gestaltung: Laura Bartels
Koordination: Angelika Schönhuber
Printed in the EU
ISBN 978-3-7704-2871-7

www.egmont-manga.de

Unsere Bücher findest du im Buch- und Fachhandel und auf

EGMONT Shop

www.egmont-shop.de

Die Egmont Verlagsgesellschaften gehören als Teil der Egmont-Gruppe zur **Egmont Foundation** - einer gemeinnützigen Stiftung, deren Ziel es ist, die sozialen, kulturellen und gesundheitlichen Lebensumstände von Kindern und Jugendlichen zu verbessern. Weitere ausführliche Informationen zur Egmont Foundation unter **www.egmont.com**

HALLO, SEHR ERFREUT, HIER IST MEGURU HINOHARA. VIELEN DANK, DASS IHR EUCH FÜR WEISSER DRACHE ENTSCHIEDEN HABT!

MEIN ANLIEGEN, EINE ETWAS UNGEWÖHNLICHE BL-STORY ZU MACHEN, IST ERHÖRT WORDEN. ICH HATTE VIELE SCHÖNE MOMENTE WÄHREND DER ARBEIT, BIS AUF EINE SACHE… DIE SCHUPPEN EINES DRACHEN ZU ZEICHNEN WAR SCHWIERIGER ALS GEDACHT. WIE BESESSEN HABE ICH SEITE UM SEITE GEZEICHNET, NUR UM AM ENDE ZU MERKEN, DASS DIE SCHUPPEN IN DIE FALSCHE RICHTUNG WEISEN!

ICH WERDE NIE VERGESSEN, WIE ICH DAS NOCH KNAPP VOR DER DEADLINE HEULEND AUSGEBESSERT HABE. DREI JAHRE NACH DER VERÖFFENTLICHUNG DES ERSTEN KAPITELS IST DIE STORY JETZT ÜBERARBEITET UND MIT ZUSÄTZLICHEN SZENEN ALS TASCHENBUCH ERSCHIENEN.

(MEIN INNIGSTER DANK GILT DEM VERANTWORTLICHEN REDAKTEUR, DER MEINEN EIGENSINN ERTRAGEN MUSSTE!) ICH HOFFE, IHR HATTET BEIM LESEN VIEL SPASS!

MIT KÜSSEN MEINST DU... RICHTIG KÜSSEN?
DODOMM
VIELLEICHT GIBT ES DA AUCH EINEN ANTIQUIERTEN AUSDRUCK...
NENN ES, WIE DU WILLST.
WIE LAUTET DEINE ENTSCHEIDUNG?
ALSO...
SCHWANK
SCHWANK
MEERJUNGFRAU
KUSS
SCHWANK
KUSS
KLONK
MEERJUNGFRAU.
OKAY... WENN ES NUR FÜR EINEN KURZEN MOMENT IST...
WIE GEMEIN!
SO MACHT MICH SELBST EIN KUSS NICHT GLÜCKLICH! WENN DU NICHT MITHELFEN WILLST, DANN RAUS HIER!
EH? UND DIE MEERJUNGFRAU?
DARÜBER VERRATE ICH DIR KEIN WORT!
SCHIEB
SCHIEB
SAAA
GRMPF
GRMPF
ICH DACHTE, BEI EINEM KUSS WÜRDE ER AUF JEDEN FALL ANBEISSEN.
DIESE ZURÜCKWEISUNG... SIEHT NACH EIFERSUCHT AUS.
IRGENDWIE IST DAS SOGAR GANZ...
... SÜSS?
CHIHARU IST SO EIN IDIOT!
ER IST NUR AN MEERJUNGFRAUEN INTERESSIERT!
ENDE

WAS?
WUPP
SIND SIE SO SCHÖN WIE DIESE „MERMAIDS“, DIE MAN AUS AMERIKA KENNT?
ODER EHER WIE DIE SEEMONSTER JAPANS?
CHIHARU... MEERJUNG-FRAUEN BESCHÄF-TIGEN DICH ALSO?
HM? KLAR, WIE KÖNNTEN SIE NICHT? ICH BIN SCHLIESS-LICH EIN MANN!
ICH HAB GERADE EINE SCHREIBBLOCKA-DE, MIR IST JEDE INSPIRATION RECHT.
VERSTEHE... GUT, DANN GEBE ICH DIR GERN INFORMA-TIONEN...
... ABER ...
... IM GEGENZUG DARF ICH DICH KÜSSEN.
...

UNBÄNDIGE NEUGIER 2

HMMM... ES IST ZIEMLICH SCHWIERIG, DIE PASSENDE GRÖSSE FÜR DIESEN KÖRPER HINZUKRIEGEN.
WOW! DU KANNST ES TATSÄCHLICH! INTERESSANT!
ER IST ETWAS LANG GERATEN.
GEHT DA NOCH MEHR?
WALL
RAFF
WALL
RAFF
NATÜRLICH! OKAY, ALS NÄCHSTES...
RUBB
RUBB
BADUMM
BADUMM
... VIELLEICHT DIE AUGEN!
POPP
POPP
GLUPSCH
!!!
ZIEMLICH SPANNENDES GESICHT ...
STARR
HM... NEIN... WÜRDE ICH DIR SO NACHTS AUF DER STRASSE BEGEGNEN, HÄTTE ICH WOHL EINEN HERZINFARKT.
ACH JA? GEFÄLLT ES DIR?
ACH, SO SCHLIMM? HM...
ENDE

OKAY, ERST MAL DIE OHREN.
POPP
BITTE SEHR. DAS WAR EINFACH.
WIE WÄR'S MIT DEN HÖRNERN?
KRRZ
KRRZ
NICHT BERÜHREN, SONST KRIEGST DU EINEN ELEK-TRISCHEN SCHLAG!
DER BART?
WUSCH
DER BART, MEIN GANZER STOLZ!

UNBÄNDIGE NEUGIER 1

DAFÜR WERDE ICH DICH BESTRAFEN!
ZING
FORTSETZUNG FOLGT

ICH HABE DAS FÜR DICH GETAN.
ALLES NUR WEGEN DIESES MANNES...
ICH WAR NUR VON MEINER MENSCHENGESTALT ABGELENKT ...
... SODASS ICH MEINE PFLICHTEN GANZ VERGASS.
ACH, RIN-SAMA...
ER PASST ÜBERHAUPT NICHT ZU DI...
SCHWEIG!
DU HAST... MEINEN GELIEBTEN FREUND...
... VERLETZT, HERABGEWÜRDIGT...
... UND VERÄNGSTIGT...
GROLL
GROLLLL

CHIHARU!
DU BIST VERLETZT!
DRIP
BOBOMM
BOBOMM
IST NUR...
HALB SO... WILD...
... EIN KRAT-ZER...

DONK
DONK
...!!
SLOSCH
RIN-SAN!
EIN FUCHS-GEIST?
WAS HAST DU HIER ZU SUCH...
FLOMP
SCHRECK

...?!
AU!
ERST DIE AU-GEN...
DRIP
... DANN DIE OH-REN...
DRIP
... DANN DIE NASE ...
WAS...
WAS REDET ER DA?
ICH HAB ANGST!
HALT STILL.
WUSCH

NEIN...
EIN FUCHS ...?
ICH WILL...
ER KANN SPRECHEN.
IST ER AUCH EIN GOTT? EIN DÄMON? WAS IST ER?
SCHAUDER
... ZUR BRAUT DES DRACHEN...
SLINK
... ZU DIR!
SLISCH

JEMAND IST GE-KOMMEN!
ZSS
ZSS
ZSS
ZSS
ÄHM...
BIST DU EIN BEKANNTER VON RIN-SAN?
DANN KOMM BITTE WIEDER, WENN ER ...

WAMM
...
WAS HAST DU DENN?
TUT MIR LEID.
ICH MUSS FÜR HEUTE SCHLUSS MACHEN.
EINE DRINGENDE ANGELEGENHEIT!
TAPP
HÄ?!
ICH HABE DA DIESES GEFÜHL...
WAS IST PASSIERT?

...?!
ZWEI...
... KOTAS?!
WER...
... IST DAS?
ZUCK
EH...?
MANSCH
MANSCH
MANSCH
CHIHARU
...

VIELLEICHT HÄTTE ICH...
... EIN KLEIN WENIG NETTER...
... ZU IHM SEIN SOLLEN...
ABER GUT FÜR DICH, ODER?
DU WOLLTEST RIN DOCH OHNEHIN HIER RAUSHABEN.
WENN ER EINFACH VERSCHWINDET, IST AUCH DIE HEIRATSGESCHICHTE VOM TISCH.
DAS IST...
HM?
WIE KOMMST DU DARAUF?
MANSCH
CHIHARU ...
SAG MAL... SEIT WANN HAT RIN DIESEN JOB?
ER SORGT IM BUCHLADEN GANZ SCHÖN FÜR AUFREGUNG!
MANSCH
MANSCH

NUR EIN BISS-CHEN...
... SPA-ZIEREN ...
VER...
... STE-HE ...
EINER WIE ER KANN ALSO AUCH LÜGEN...
LEICHT SCHO-CKIERT
ALS ICH IHN GEBETEN HABE ZU GEHEN, HAT ER SICH NICHT GERÜHRT...
... UND JETZT VER-SCHWIN-DET ER EINFACH VON SELBST...
BIN ICH NEULICH AUF DEM BAUM...
... ZU WEIT GE-GANGEN?
DU NERVST!
BRÜLL
WÄÄÄH!
KRZ
ODER WAR ES WAS AN-DERES?
...
JEDE MENGE IDEEN

WAS DENN... KOTA?
WAS IST LOS?
ICH HAB MEINE SCHLÜSSEL VERGESSEN.
DARF ICH BEI DIR BLEIBEN, BIS MAMA NACH HAUSE KOMMT?
WUPP
WUPP
ES IST SO STILL HIER.
WO IST RIN?
ER GEHT NEUERDINGS TÄGLICH AUS DEM HAUS.
UND WOHIN?
HM...
HEISST DAS... DU HAST IHN GAR NICHT GEFRAGT?
KRIIE
DOCH, HAB ICH...
HAB ICH, ABER...
NANU!
GEHST DU WEG?
!
IRKS
ACH... ÄHM...
NA JA, ALSO...
?

Für dich! Lass es dir schmecken!
KLACK
PATAM
LINS
...
ES IST SO STILL...
SCHRRT
HM?
CHIHARU!

... VOR CHIHA-RU EIN GEHEIM-NIS ZU HABEN...
... TUT MIR TIEF IM HERZEN WEH.
WENN ER DAVON WÜSSTE, WÄRE ER DANN BÖSE?
WÄRE ER SCHO-CKIERT?
DIE STUMPFE KLINGE
CHIHARU IZUNOME
DER ENKEL VON SHIZUE IZUNOME!
DAS DEBÜTWERK DES AUFSTREBENDEN AUTORS UND GEWINNERS DES 114. NACHWUCHSLITERATURPREISES!
ABER...
... NUR NOCH EIN PAAR TAGE...
BITTE VERZEIH MIR, CHI-HARU.

EINE WOCHE SPÄTER...
BOOK
WILLKOMMEN!
RIN-CHAN ARBEITET TATSÄCHLICH HIER.
ACH...
SIEH AN!
JA. ALSO KAUFT FLEISSIG EIN!
GUTEN TAG.
ICH DARF HIER EIN PAAR TAGE ARBEITEN...
... BIS ICH DAS GELD FÜR MEIN BUCH ZUSAMMENHABE.
AUF DIE WEISE BEKOMME ICH ES, OHNE DASS CHIHARU DAVON ERFÄHRT.
DA SIND WIR WIEDER.
ACH, HALLO.
ICH BEWAHRE DIE FÜR EUCH AUF.
ARBEITEN UND UNTER LEUTEN ZU SEIN MACHT SPASS...
... ABER ...
TSCHÜHÜSS!

JA, ICH WEISS. HABEN SIE ES GELESEN, YAMADA-SAN?
NATÜRLICH! EINE SEHR ERNSTE GESCHICHTE. SOLLTE MAN NUR LESEN, WENN MAN GUT DRAUF IST.
AHA HA
ER IST ZWAR AUCH DER LOKALHELD, ABER GELESEN HABE ICH DAS BUCH, WEIL MIR DER INHALT GEFIEL.
SEIT ES HIER BEI UNS DEN SONDERPLATZ HAT, STÜRZEN SICH ALLE DARAUF.
!
VIELEN DANK!
HM? WOFÜR BEDANKST DU DICH?
DAS WÜRDE ICH GERN SOFORT CHIHARU ERZÄHLEN.
DU SOLLTEST DIR DAS BUCH AUCH KAUFEN, RIN-CHAN. ES IST SPANNEND.
DAS HABE ICH VOR ...
... ABER IM MOMENT REICHT MEIN GELD NICHT.
ACH, SO EIN PECH...!
OH! ABER DU KÖNNTEST...
?

DIE STUMPFE KLINGE
CHIHARU IZUNOME
DER ENKEL VON SHIZUE IZUNOME!
DAS DEBÜTWERK DES AUFSTREBENDEN AUTORS UND GEWINNERS DES 114. NACHWUCHSLITERATURPREISES!
DIE STUMPFE KLINGE
CHIHARU IZUNOME
DAS DEBÜTWERK DES AUFSTREBENDEN AUTORS UND GEWINNERS DES 114. NACHWUCHSLITERATURPREISES!
WOOOW!
ICH HABE DAS BUCH WAHRHAFTIG VOR MIR!
UH HU HUH
ACH, RIN-CHAN! KOMM NUR REIN.
GUTEN TAG, YAMADA-SAN.
DER AUTOR DIESES BUCHES STAMMT VON HIER.

ICH BITTE DICH!
LASS MICH DEIN BUCH LES...
AUF KEINEN FALL!
HAH...
ER HAT MEINE BITTE ABGESCHMETTERT...
... ABER ...
TAPP
TAPP
BOOK
... ICH GEBE NICHT AUF.

...
カチャ
KLACK
DU WIRST SIE BESTIMMT LANGWEILIG FINDEN.
ABER...
ÄHEM
... DA DU MIR SO FLEISSIG IM HAUSHALT GEHOLFEN HAST...
... SOLLST DU MEIN BUCH ALS KLEINES DANKESCHÖN HABEN.
INFORMATIONEN?
GESCHICHTEN SIND IMMER ERFÜLLT VON DEN GEDANKEN UND VERBORGENEN WÜNSCHEN IHRER ERFINDER.
WENN ICH DEINE LESE, KANN ICH DICH BESTIMMT SCHNELLER EROBERN.
GUT! ICH WERDE ES AUFMERKSAM LESEN UND DARAUS INFORMATIONEN ZIEHEN.
DAS BUCH SELBST INTERESSIERT DICH GAR NICHT? DU WILLST NUR MEINE VORLIEBEN RAUSFINDEN?
NEIN, NEIN, NEIN! KLAR NTERESSIERT ICH AUCH DIE ESCHICHTE!

HM?
ICH BIN DOCH VON DEINER WELT BERÜHRT.
ICH WILL DEINE GESCHICHTEN LESEN, WEIL DU SIE GESCHRIEBEN HAST.

SIE SIND NICHTS BESONDERES.
JEDENFALLS NICHT SO TOLL, WIE ALLE BEHAUPTEN.
ALS ENKEL MEINER OMA KRIEGE ICH BLOSS LEICHTER AUFMERKSAMKEIT.
...
IN WAHRHEIT... WERDEN MEINE WERKE NIEMALS AN IHRE RANKOMMEN.
DA STINKE ICH VÖLLIG AB...
?
WAS SOLLEN DENN DEINE GESCHICHTEN MIT DENEN VON SHIZUE-SAMA ZU TUN HABEN?

FÜR UNS BEDEUTEN GESCHICHTEN LEBEN.
DARAUS ERKLÄRT SICH WOHL AUCH UNSERE ENORME BEGEISTERUNG...
... FÜR DIE GESCHICHTEN, DIE MENSCHEN ERFINDEN...
... UND FÜR DIE MENSCHEN, DIE GESCHICHTEN ERFINDEN.
DU ÜBERTREIBST DOCH.
WIESO BEFUMMELT ER MEINE HÄNDE?
DEINE GESCHICHTEN ERÖFFNEN BESTIMMT WUNDERBARE WELTEN.
ICH WILL SIE MIT EIGENEN AUGEN SEHEN.
WHACK
DU MUSST DICH IRREN.

ER MEINT ALSO, DIE GEDANKEN DER MENSCHEN BRINGEN SOLCHE ÜBERNATÜRLICHEN WESEN HERVOR!?
SO HABE ICH ES ZUMINDEST VERSTANDEN...
HEISST DAS...
... DU BIST AUS DIESER LEGENDE VOM DRACHEN ENTSTANDEN?
DANN GIBT ES ALSO AUCH...
... MEERJUNGFRAUEN, SCHNEEFRAUEN, HIMMELSFEEN UND SO WEITER?
HMMM...
KLAR GIBT ES SIE, ABER ICH BIN NOCH KEINER BEGEGNET.
JA, SO IST ES.
FRÜHER WAR DER GLAUBE AN SOLCHE GESCHICHTEN SEHR STARK.
...

AUS DER NATUR?
AUS EINER ZEIT, BEVOR ES DEN MENSCHEN GAB ...
... ODER SO?
DAS MACHT MICH GANZ SENTIMENTAL.
UNSEREINS WIRD DURCH GESCHICHTEN GEBOREN.
GESCHICHTEN HABEN EINE GROSSE MACHT.
ALTE SAGEN, MYTHEN, LEGENDEN, LIEDER, GERÜCHTE...
GESCHICHTEN FASZINIEREN DIE MENSCHEN IN VERSCHIEDENSTEN FORMEN.
IHR GLAUBE AN WESEN WIE UNS ODER AUCH IHR WUNSCH NACH IHNEN BÜNDELT STARKE ENERGIEN.
ES SIND DIE GEDANKEN DER MENSCHEN, DIE UNS EINE REALE GESTALT VERLEIHEN.

WAS?
MEIN BUCH?
JA. ICH WÜRDE GERN DIE GESCHICHTE LESEN, DIE DU GESCHRIEBEN HAST.
HIBBEL HIBBEL HIBBEL HIBBEL HIBBEL
FÜNF PANCAKES...
PIKS PIKS
ROLL ROLL ROLL
KANNST DU DENN LESEN, RIN-SAN?
WAS?
NA... NATÜRLICH! ICH HABE BÜCHER SCHON IMMER GELIEBT!
ERSTAUNLICH...
DIE VON MENSCHEN GESCHRIEBENEN GESCHICHTEN MÜSSEN EINEN GOTT DOCH LANGWEILEN.
NICHT IM GERINGSTEN!
GAAH
CHIHARU...
ÄHEM
... WEISST DU EIGENTLICH, WOHER ICH KOMME?
WOHER DU... KOMMST?
ZUCK

FLAPP
FLAPP
FLAPP,
WIEDER NORMAL
LÄCHEL
LOS, GEHEN WIR!
ACHTE DRAUF, DASS ICH DIE RICHTIGEN WORTE FINDE.

WAS WAR DAS EBEN?
パシャ
SPLISCH
ES WAR WUNDERSCHÖ...
はっ
SCHRECK
IRGENDWIE...
... FÜHLE ICH MICH RICHTIG ÜBERWÄLTIGT...
PEINLICH!
?
?
DASS MICH DIESER KITSCH...
... SO BERÜHREN KANN...
RIN-SAN!
ICH MACHE JETZT PAUSE. BRINGST DU MIR TEE?
JA!
ENDLICH, URARA!
HEUTE MUSS ICH CHIHARU MEINE BITTE VORBRINGEN.
スカッ
WABER

SWISCH
SWUU
!
EIN VOGEL?
SST
PLITSCH
AH...
EINE BLUME!

HA HA HA
PRIMA!
SPLISCH
SPLISCH
EIN WASSER-SPIEL...
WIE LIEB...!
LINS
HM... SOLCHE SACHEN KANN ER ALSO AUCH...
SCHRECK
OH...
WIR WAREN ZU LAUT!
BLICK-KONTAKT!
WAS JETZT?
BLOBB
OH...
BLOBB
BLOBB
BLOBB
OH...
KLAPP
KLAPP
KLAPP
KLAPP
!

IM LEBEN DER MENSCHEN GIBT ES VIELE REGELN.
SOLANGE CHIHARU SICH IN SEINEM ZIMMER VERSCHANZT HAT...
... MUSS ICH MICH LEISE VERHALTEN, UM IHN NICHT ZU STÖREN.
LEBENDIGE TIERE ZU ESSEN IST VERBOTEN.
WÄSCHE WIRD NUR AN SONNIGEN TAGEN GEMACHT.
STAUBSAUGEN WIRD GLEICH ALS ERSTES AM MORGEN ERLEDIGT.
ZUPP ZUPP
HEY, HEY!
WENN DU SPIELEN WILLST, DANN LIEBER SO, URARA.
BLOBB BLOBB
BLOBB
!

HM?
WAS...
CHIHARU...
... MACHT ER DA?
FLAPP

WEISSER DRACHE - KAPITEL 4

DAS NENNE ICH GLÜCK-SELIGKEIT!
AM NÄCHS-TEN TAG...
ICH WERDE AUCH HEUTE WIEDER DEINE ERSCHÖPFUNG VERTREIBEN! ♡
PATT PATT
NACH ER-HOLSAMEM SCHLAF IN BESTFORM
KLACK KLACK KLACK KLACK KLACK
NICHT NÖTIG! GEH IN DEIN ZIMMER UND SCHLAF.
UND KOMM NICHT EINFACH SO IN MEINS!
WAS?!
SALZ?

ENDE

BLUSSSSSSH
ZZZ
DU BIST EINFACH ZU SÜSS, CHIHARU!
WAR SEHR WOHL WACH↓
Z
ER HAT MIR EINE SCHLAF-STÄTTE GE-GEBEN UND DIE NACHT BEI MIR VER-BRACHT. UND JETZT AUCH NOCH DAS!
ER HAT MICH GESTREICHELT! UND MICH NICHT GESCHLAGEN, ALS ICH IHN AN MICH GEDRÜCKT HABE!
ICH WILL NOCH MEHR BERÜHRUNG! ABER WENN ICH JETZT EINEN FEHLER MACHE, STÖSST ER MICH BESTIMMT WEG. ALSO BEHERR-SCHUNG!
ZZZ
WIE NAH CHIHARU MIR GERADE IST...

MH...
KLAMMER
ICH DACHTE SCHON, ER WÄRE AUFGE- WACHT...
UFF...
SST
NUR NOCH EIN BISSCHEN LÄNGER...
OJE...! DIESE POSITI- ON...
WÄRE ER JETZT WACH, WÜRDE ER VOR FREUDE JUBELN...
DRIP
ZZZ
ZZZ

RÜCK
UAH! ES LIEGT WIRKLICH AN IHM!
SCHOCK
WENN ICH MICH AN IHN SCHMIEGE, FÜHLE ICH MICH SOFORT ENTSPANNT. WIE KANN DAS SEIN?
ER IST SO WARM... UND IRGENDWIE... RIECHT ER GUT...
DAS HAB ICH HEUTE SCHON AUF DEM BAUM BEMERKT.
PATT
WOHER KOMMT DIESES SELTSAME GEFÜHL DER GEBORGEN-HEIT?
SCHRECK
VIELLEICHT SCHMIEGE ICH MICH HIER GERADE DIREKT AN SEIN ENERGIE-ZENTRUM!?
IMMERHIN IST ER TROTZ ALLEM EIN GOTT...
VIELLEICHT NIMMT MIR DAS JA DIE ERSCHÖP-FUNG.
SCHMIEG
DIESE BE-RUHIGENDE WIRKUNG... IST ÄRGER-LICH, FÜHLT SICH ABER GRANDIOS AN.
SST

HAAAH... DABEI WOLLTE ICH GESTERN ABEND NOCH MEINE ARBEIT HINTER MICH BRINGEN...
WIE LANGE IST ES HER, DASS ICH NACHTS NICHT AUFGEWACHT BIN?
ICH HABE PRIMA GESCHLAFEN UND FÜHLE MICH GEISTIG UND KÖRPERLICH ERHOLT.
WIE KANN DAS SEIN?
DIESER KERL LAG DOCH NEBEN MIR.
SAG BLOSS...
LINS
MEINE GÜTE ...!
NA JA, ABER...
DU SCHLÄFST DOCH WIRKLICH... ODER?
RÜCK
ZZZ
ZZZ
WACH JETZT BLOSS NICHT AUF, JA?
ICH MÖCHTE DAS...
... NUR GANZ KURZ ÜBERPRÜFEN...
TAPP

DAS WAR ALSO MIT „KRIBBELN" GEMEINT?!
TU...
TUT MIR LEID! MEIN FEHLER! BITTE LASS MICH LOS!
DOMP
SO WAS DARFST DU NICHT TUN! DENK MAL DARÜBER NACH!
TSCHIRP
TSCHIRP
BLINK
ぱちっ
HM?
FLAPP
FLOMP
O... OKAY... ES SCHEINT NICHTS PASSIERT ZU SEIN...
RIN-SAN!
HÖR AUF, MICH ZU KITZELN! HEY!
WIR SIND NACH DER AUFREGUNG WOHL EIN-FACH EINGE-SCHLAFEN.
WIE KINDER...
WAAAAH
KILLE KILLE KILLE
WAHAHA! ICH STERBE!

DENKST DU, DASS ICH EINFACH NUR KITZLIG BIN?
ZUCK
STREICH
WENN DU SO WAS MACHST...
SST
... ERZEUGT DAS IN MIR GEFÜHLE, DIE ICH NICHT BE-HERRSCHEN KANN...
SCHRECK
GNNN

...
KILILI
ZUCK
RUBB
STREICH
ZUCK
UH...
GRAPP
AH...?! HEY!
CHIHA-RU, DAS HIER...
ENTSCHUL-DIGE...

ES IST NUR...
IRGENDWIE BEGINNT ES LANGSAM...
... ZU KRIBBELN...
ZUCK
WA... WARUM DIESER BLICK?
WEGEN DES TEEBECHERS?
?
NEIN, NEIN.
LINS !!
LASS MICH KURZ MEINE RACHE FÜR DIE ENTFÜHRUNG AUF DEN BAUM AUSLEBEN.
ICH MUSS DICH DAFÜR NUR EIN WENIG KITZELN.
ABER...
KILLE KILLE KILLE KILLE KILLE KILLE KILLE KILLE
WENN DAS SO IST...
IRKS
KILLE KILLE KILLE KILLE KILLE
WAH! CHIHARU ?!

PRÜFMODUS
DIESE RILLEN...
... SIND SO SCHÖN EBEN-MÄSSIG..
RUBB
RUBB
HM? DAS ERINNERT MICH AN IR-GENDWAS...
WORAN NUR?
DOSEN-KAFFEE?
WARMER
COFFEE
EINE SCHLANGE?
EIN SCHLAUCH?
EINE WÄRM-FLASCHE?
SST
SST
OH, AN DER WURZEL SIND DIE FINGER WÄRMER.
SST
AH!
ICH HAB'S!
EIN TEE-BECHER!
WARM...
DEINE FINGER SIND WIE TEE-BECHER!
INTERESSANT!
DESHALB DAS VER-TRAUTE GEFÜHL...

JEDERZEIT GERN!
WUSCH
!
DARF ICH MAL?
BADUMM
BADUMM
DIE KLAUEN SIND GANZ GLATT.
SST
FINGER UND HAND-FLÄCHE SIND RAU... ABER WARM.
FÜHLT SICH ERSTAUNLICH ANGENEHM AN.
IRGENDWIE EIN VERTRAUTES GEFÜHL.
LÄCHEL

WENN DICH IRGENDWAS AN MIR BESCHÄFTIGT, SAG ES RUHIG.
...
STARR
O... OKAY, ALSO...
KRALL
MACH MAL... DAS HIER...
SO...?
SÜSS...
FLAPP
MANCHMAL VERWANDELST DU BLOSS DIE HÄNDE.
WENN'S WEITER NICHTS IST...
KRK
DAS WÜRDE ICH GERN MAL GENAUER SEHEN.

CHIHARU...
ALSO, DAS GEHT NUN WIRKLICH...
BADUMM
BADUMM
BADUMM
!!
DU STELLST DICH SCHLAFEND?!
WHACK
UND WENN SCHON!
ICH MUSS ES DOCH AUSNUTZEN, WENN DU MAL INTERESSE AN MEINEM KÖRPER ZEIGST!
„INTERESSE“... WÄRE ZU VIEL GESAGT...
NA JA, ABER... ES TUT MIR LEID...
... DASS ICH DICH EINFACH SO ANGEFASST HABE.
SCHON GUT.
PATT
MEIN KÖRPER GEHÖRT DIR.

ZIEH
ACH, ER HAT JA DOCH EIN MENSCHLICHES GEBISS, NICHT DAS EINES RAUBTIERS.
WOLLTE DAS DIE GANZE ZEIT ÜBERPRÜFEN.
OOOH...
IN DER ANDEREN GESTALT HAT ER SCHARFE REISSZÄHNE.
SO
BLECK
IM MUND IST ALLES WIE BEI EINEM MENSCHEN.
AN DEN OHREN IST EBENFALLS NICHTS UNGEWÖHNLICH.
PRÜFMODUS
ZUPP
ZUPP
ZUPP
FÜNF FINGER MIT JEWEILS ZWEI GELENKEN, SCHÖNE FINGERNÄGEL, KEINE SCHWIMMHÄUTE...
IST DAS ETWA SEINE WAHRE GESTALT?
WELCHE VON BEIDEN IST ES WOHL?
ZOPP
MH...
AUCH DIE FÜSSE SIND NORMAL.
WAHNSINN! SELBST SEIN VERHALTEN IM SCHLAF GLEICHT GENAU DEM EINES MENSCHEN.

WIESO HAB ICH DIE GEISTERAUS-TREIBUNG BLOSS ABGELEHNT?
JETZT HAB ICH IHN HIER IM HAUS.
HMMM...
ES FÜHLT SICH AN, ALS HÄTTE ER MICH IN SEINER GEWALT.
ZZZ
WIE SOLL DAS NUR WEITER-GEHEN?
ICH HABE NOCH NIE MIT JEMANDEM ZUSAMMEN-GEWOHNT.
ROLL
NOCH DAZU IST DER KERL NICHT MAL EIN MENSCH.
FLOPP
MMMH... CHIHARU...
...
ZZZ
WEDEL
WEDEL
WEDEL
DA ER GERADE SCHLÄFT...
WUPP
... MAL SEHEN...
DODOMM
DODOMM
DODOMM
SSST

DIE ERSTE NACHT
RIN-SAN...
AB HEUTE IST DAS HIER DEIN BETT. ALLES KLAR?
BETT...
MURMEL
MURMEL
UND AB MORGEN WIRST DU LERNEN, VON SELBST SCHLAFEN ZU GEHEN.
MMMH...
CHIHARU, SCHLAF DOCH BEI MIR...
MURMEL
MURMEL
HAH...
OH MANN...!
UND ICH MUSS MICH JETZT NEBENAN AN DIE ARBEIT SETZEN...

ES TUT MIR LEID, MORGEN BIN ICH SCHON VERPLANT.
WIR MÜSSEN WOHL EINEN ANDEREN TERMIN FINDEN.
ENTSCHUL-DIGEN SIE BITTE DIE UMSTÄNDE.
JA.

BIEP
Hallo? Entschuldigen Sie die späte Störung.
Ich bin vom Tatsumori-Schrein. Sie haben uns neulich angerufen.
AH, GUTEN ABEND...
ZZZ ZZZ ZZZ
Also wegen dieser Geisteraustreibung...
Wir hätten da ein kleines Zeitfenster frei.
Wenn Sie gleich morgen früh vorbeikommen, könnten wir das erledigen.
Wäre Ihnen das recht?
...
MORGEN... SAGTEN SIE?

HM... VERSTEHE...
OKAY, ICH GEHE DANN MAL. GUTE NACHT.
GUTE NACHT...
KOTAS „HM“ BEUNRUHIGT MICH.
ZZZ
ZZZ
RIN-SAN...
HEY...
HMMM ...?
WACH BITTE AUF, ICH HABE DIR DA DRÜBEN EINEN FUTON VORBEREITET.
ICH MUSS HEUTE NICHT AUF DEM DACH SCHLAFEN?
NEIN.
MURMEL
MURMEL
ROBB
ROBB
DARF ICH AUF DEINEM FUTON SCHLAFEN? MIT DIR ZUSAMMEN?
NEIN, GANZ SICHER NICHT.
LOS, HOCH MIT DIR!
BZZZ
BZZZ
BZZZ
BZZZ
Tatsumori-Schrein
OH...
Annehmen

IHR SITZT UM DIESE ZEIT IMMER NOCH HIER?
ZZZ
OJE, ES IST SCHON NACH ZWÖLF!
MEINE GÜTE! WIR MÜSSEN GEHEN.
ABER ERST STREUEN WIR SALZ!
TAPP
TAPP
TAPP
OKAY, CHIHARU?
SCHLÄFT...
HM?
ZZZ
RIN...
... HAT MICH HEUTE GEFRAGT, WIE MAN EINKAUFT.
IRKS
STARR
NIEMAND ERZÄHLT ES VON SICH AUS, ALSO FRAGE ICH NACH...
WER IST RIN? WIESO REDET ER SO?
WOHER KOMMT ER? UND WAS HAST DU MIT IHM ZU TUN, CHIHARU?
WER HÄTTE GEDACHT, DASS ICH MAL EINEM ERWACHSENEN BEIBRINGEN WÜRDE, WIE MAN GELD AUSGIBT!?
?
OHNE DAS HIER KANN MAN ALSO NICHTS KAUFEN?
MEINST DU DAS ERNST?
E... ES GAB DA... EINIGE VORFÄLLE...
... ÜBER DIE WIR... BESSER NICHT REDEN... ABER...
MURMEL
GRUMMEL

* SOLL UNGEBETENE GÄSTE FERNHALTEN.

DANN WAR DAS...
... MIT DER „MACHT DER LIEBE“ ALSO BLOSS EINE LÜGE...
PFFF
!
UH... ÄHEM...
NEIN! ES WAR KEINE LÜGE!
SCHON GUT, SCHON GUT, ICH VERSTEHE SCHON.
DU IRRST DICH! BITTE HÖR MICH AN!
WUPP
DIE SONNEN-STRAHLEN SCHWINDEN LANGSAM.
BIS GERADE EBEN KONNTE MAN NOCH GANZ DARIN BADEN...
... UND JETZT SIND SIE WEG.
WAS?! GELD?!
IST DIE ALTE HEXE JETZT UNTER DIE ERPRESSER GEGANGEN?!

GNN
LASS DIR NICHT IMMER SOLCHEN UNSINN EIN-REDEN! ALLES QUATSCH!
NOMM
NOMM
NEIN! ICH WERDE NICHT AUFGE-BEN!
GNN
WENN ICH MICH WEITER-HIN BEMÜHE, KANN ICH DIR IRGENDWANN VIELLEICHT WENIGSTENS EINEN KUSS ABRINGEN!
DA BIST DU EINDEUTIG ZU OPTI-MISTISCH...
NIE UND NIMMER WIRD DAS PASSIEREN!
MEINE LIEBE ZU DIR IST ECHT... ABER SIE DRINGT NICHT ZU DIR DURCH.
SCHNÜFF
SCHNÜFF
SCHNIEF
ICH KANN'S NICHT MEHR HÖREN.
...
RIN-SAN, MEINE OMA HAT DIR VON MIR ERZÄHLT, RICHTIG?
JA, ABER NUR EIN BISSCHEN.
NOMM
NOMM
DAS WURZEL-GEMÜSE HEUTE MORGEN... HAT SIE DIR AUCH GE-SAGT, WIE ES ZU WÜRZEN IST?
EH...?

HATTE ER ES GUT...
... ODER WAR ES SCHWIERIG?
PATT
WAS FÜR EIN LEBEN ER WOHL FÜHRT?
?!
STOPF
HM? WILLST DU NICHT?
NATÜR-LICH NICHT!
WAS SOLL DAS WERDEN?!
YURI MEINTE, WENN MAN SCHULTER AN SCHULTER IN DER ABEND-SONNE SITZT, WÄRE EIN KUSS DRIN.
DANN KANNST DU RUHIG DEN VOR-STOSS WAGEN!
WAS DACHTE SIE SICH NUR DABEI?!
VER-SCHON MICH...

DRÄNGEL
DRÄNGEL
DRÄNGEL
DRÄNGEL
WAH
WAH
WAH
ES WAR FÜR MICH DAS ERSTE MAL, DASS ICH MIT SO VIELEN MENSCHEN LÄNGERE GESPRÄCHE GEFÜHRT HABE.
ICH WAR ÜBERRASCHT, WIE FREUNDLICH DIE LEUTE DIESES ZEITALTERS SIND.
NA JA, DU BIST HEITER UND KANNST GUT MIT MENSCHEN – KLAR SIND DA ALLE FREUNDLICH ZU DIR.
NOMM
NOMM
NOMM
RUPF
RUPF
WÜRDEST DU BLOSS NICHT DAUERND KOMISCHE DINGE TUN...
ICH HATTE AUCH ZEITEN, IN DENEN ES NICHT SO WAR.
...
SAAA
ICH SCHEINE IMMER WIEDER ZU VERGESSEN...
... DASS DER KERL SCHON EINE GANZE WEILE LÄNGER LEBT ALS ICH.
ICH FRAGE MICH, WAS IN DER ZEIT ALLES PASSIERT IST...

VON WEGEN UNCOOL!
ICH LEBE SCHON SEIT MEHREREN HUNDERT JAHREN UND WAR EBEN ZUM ERSTEN MAL EINKAUFEN!
BRÜLL
NICHT SO LAUT...
ALTER IST KEIN MASS-STAB.
ES IST NICHTS SCHLECHTES, ANDEREN GEGENÜBER NACHGIEBIG ZU SEIN, ABER...
ZUPP
SHIZUE-SAMA WÄRE WOHL KAUM GLÜCKLICH, WENN SIE WÜSSTE, DASS DU IHRETWEGEN AUF ETWAS VER-ZICHTEST.
... WIE WÄR'S, WENN DU DAS NÄCHSTE MAL OFFEN DEINE MEINUNG SAGST?
DOMP
DU WIRST ES SICHER BALD AUS-SPRECHEN KÖNNEN.
IMMERHIN SAGST DU MIR JA AUCH TÄGLICH GANZ DEUTLICH, WIE SEHR ICH DIR ZUWIDER BIN.
STIMMT'S?
ROLL
ROLL
WÜRDE MIR DIE ZURÜCK-WEISUNG DOCH BEI ALLEN LEUTEN SO LEICHTFALLEN WIE BEI DIR...!
SCHON ...
FÜR MICH WAR ES ÜBRIGENS AUCH EIN GROSSER TAG.
EH?

MIT LEEREM MAGEN KANN ICH NICHT RUMFLIEGEN.
HAMM
WAH...
ER FUTTERT SCHON WIEDER.
PATT PATT
BITTE SEHR! ♪
UND DAS EICHHÖRNCHEN KRIEGT AUCH WAS AB.
DANKE!
KLÖSSCHEN FÜR EIN EICHHÖRNCHEN?
LINS
NOMM
NOMM
SOBALD ES UM SHIZUE-SAMA GING, WARST DU ETWAS VERUNSICHERT...
... UND AUCH GANZ STILL.
PLAPPER
IRKS
ALS OMAS NAME FIEL, HAB ICH KEIN WORT RAUSGEBRACHT.
ICH WILL SIE AUCH NICHT SCHLECHT DASTEHEN LASSEN.
DABEI WEISS ICH JA, DASS MAN IMMER AUSSPRECHEN MUSS, WENN EINEM WAS NICHT PASST.
IN MEINEM ALTER IMMER NOCH SO UNCOOL...

Wieso beruhigt mich das bloss so?
Echt ärgerlich...!
Wendest du...
... hier gerade irgendwelche göttlichen Kräfte an?
Göttliche Kräfte?
Aaah! Mein Magen knurrt!
Knurr
Entschuldige...
Kram
Kram

... DASS DU DICH SICHER FÜHLST ...
PATT
... WENN DU SO GEHALTEN WIRST.
„CHIHARU..."
...
BLUSH
BITTE LASS DAS!
ER KOMMT MIT DIESER URALTEN GESCHICHTE AN. MACHT ER SICH ÜBER MICH LUSTIG?
LASS MICH!
„IST JA GUT, CHIHARU.
DU HAST DICH TAPFER GESCHLAGEN."

DIESER SCHÖNE AUSBLICK UND DANN NOCH EINE UMARMUNG VON DIR!
EINFACH WUNDER-BAR! ♡
FREU
FREU
FREU
WEG DA! MACHST DU WITZE?! ICH WILL HIER RUNTER!
DIESE HÖHE MACHT MIR ANGST!
HM... WAS MACHEN WIR DENN DA?
KRACK
KRACK
KRACK
KRACK
KRACK
WAAAAAAAH!
HA HA HA! ICH WUSSTE SOGAR, DASS DU HÖHEN-ANGST HAST.
WIESO MACHST DU DANN SOLCHE SACHEN?!
HAAAH
HAAAH
ICH HAB AUCH NOCH VIELE AN-DERE DINGE ÜBER DICH GEHÖRT.
HÄ?!
FLAPP
ZUM BEISPIEL...

FALLS ES DIR MAL NICHT GUT GEHT...
... SOLL ICH DIR EINE SCHÖNE ABENDSONNE ZEIGEN.
„WENN DU DAS TUST...
... WIRD ES IHM GLEICH BESSER GEHEN."
IN ALL IHREN WORTEN ÜBER DICH...
... WAR DIE LIEBE SPÜR-BAR, DIE SIE FÜR DICH EMPFAND...
...!
DAS...
... IST JA WIRK-LICH...
HOPS
UWAH ?!
KLAMMER
HM?

WIE LANGE IST ES WOHL HER, DASS ICH SO EINEN HIMMEL GESEHEN HABE?
DA WERDEN ERINNE-RUNGEN WACH...
FRÜHER HABE ICH OFT IN DEN HIMMEL GEGUCKT...
... IN EINEN HIMMEL, DER MEIN AUF-GEWÜHLTES HERZ BERU-HIGTE...
... UND MIR WARM ENTGEGEN-STRAHLTE.
ICH HABE VON EINEM GEWISSEN JEMAND DEN TIPP BEKOM-MEN...
... DASS DU DEN ABENDHIM-MEL MAGST.

ICH WOLLTE DIR DAS DA ZEIGEN.
IST ES NICHT WUNDER-SCHÖN?

AAAAAH!
WAS IST?
WAS HAST DU, URARA?
RAFF
KRAH
KRAH
RASCHEL
RASCHEL
RASCHEL
DOMP
WAH!
HACH! WAR DAS EIN SPASS!
OKAY, SETZ DICH.
NEIN! NEIN! NEIN!
UH ...!
WOBBEL
WOBBEL
HAH ...!
HAAH!
UND? IST ES NICHT ECHT BEFREIEND, MAL SO RICHTIG LAUT ZU BRÜLLEN?
ICH HATTE TODES-ANGST!
WAS MACHEN WIR HIER EIGENT-LICH?
SIEH MAL...

... HOPP!
WUI
LAUTER!
AAAAAAAAAAAAAAH ...!
WUSSSSCH
WAAAAAAA-AAAAAAAH-?!?!?!
FYUU
JA! GENAU! SO IST ES GUT!
WAH!
AH!
ZUCK

OH NEIN!
DAS MACHT MIR ECHT ANGST.
GNN
TUT MIR LEID, VERGISS ES.
VERGISS ES BITTE.
ICH KANN IHN DAS JETZT NOCH NICHT FRAGEN.
WAS, WENN ER SO RICHTIG WÜTEND WIRD?
LASS UNS GEHEN.
CHIHARU, WARTE MAL.
NOMM
NOMM
WENN DU SO DREINSCHAUST, WERDEN DAHEIM ALLE BESORGT SEIN.
WIR NEHMEN EINEN KLEINEN UMWEG NACH HAUSE!
WUPP
EH?
?!
HEPP!
UUUND ...
WUPP

MÖCHTEST DU NICHT AUCH EINS PROBIEREN?
DU BIST NOCH HIER?
DU SOLLST MICH NICHT BELAUSCHEN.
ABER NEIN! ICH WÄRE FAST AN EINEM KLÖSSCHEN ERSTICKT.
ICH HAB NICHT GELAUSCHT!
HIER...
SÜSSES HILFT GEGEN ERSCHÖPFUNG.
DOMP
...
SAG MAL, RIN-SAN...
DU HAST DOCH MIT MEINER OMA...
... ÜBER MICH GESPROCHEN, RICHTIG?
HAT SIE DENN NIE WAS ERWÄHNT...
... ETWA...
... ÜBER IHREN LETZTEN...

DU KANNST DEINEM TANTCHEN BEDIN-GUNGSLOS VERTRAUEN.
WENN DU ETWAS AUF DEM HERZEN HAST, REDE MIT MIR. WIR SIND DOCH EINE FAMILIE.
ICH KOMME DEM-NÄCHST MAL VORBEI.
ALSO, BIS DANN!
HAH...
ICH KANN KAUM ATMEN...
MMMH...
ALSO, DIESE KLÖSSCHEN-DINGER...
... SIND RICHTIG LECKER!

ICH WERDE DIR VOR MEINER ABREISE...
... DIE ENERGIEKOSTEN UND DIE MIETE ZAHLEN.
MIETE?! DAS ... KANN ICH DOCH NICHT VERLANGEN.
NA JA, ABER...
... GUT, GUT... MACH NUR.
IMMERHIN BIST DU EIN GROSSER AUTOR...
... UND HAST BESTIMMT VIEL MEHR GELD ALS ICH.
DU GERÄTST NACH DEINER GROSSMUTTER.
IM GEGENSATZ ZU DIR SIND MEINE SÖHNE DUMMKÖPFE.
IHRE AUSBILDUNG KOSTET SO VIEL GELD. DAS IST EINE LAST.
DARUM NEHME ICH DEIN ANGEBOT GERN AN.
DEINE GROSSMUTTER WIRD SICH IM JENSEITS DARÜBER FREUEN...
... WAS FÜR EINEN LIEBEN JUNGEN SIE GROSSGEZOGEN HAT.
AUS DIR IST WIRKLICH EIN TOLLER BURSCHE GEWORDEN, CHIHARU!
WEISST DU...

DIESE „KOSTBARKEIT“...
... HAST DU ABER ZIEMLICH VERNACHLÄSSIGT.
TJA, UND DESHALB...
... WERDE ICH DIE VERANTWORTUNG DAFÜR ÜBERNEHMEN.
WENN DU EIN WENIG DARÜBER NACHDENKST, WIRST DU DAS VERSTEHEN.
GAS- UND STROMRECHNUNGEN WERDEN JETZT VON MEINEM KONTO ABGEBUCHT.
DARÜBER WOLLTE ICH AUCH MIT DIR SPRECHEN.
ICH WEISS SCHON...
... WAS DU MIR SAGEN WILLST.
TUT MIR LEID, DASS ICH EINFACH SO AUFGETAUCHT BIN.
ABER KEINE SORGE, ICH WERDE NICHT LANGE BLEIBEN.

WEISST DU... JETZT, DA DEINE OMA TOT IST...
... GEHEN HAUS UND GRUNDSTÜCK IN DEN BESITZ DEINES TANTCHENS ÜBER.
ALS DU AUF DAS ERBRECHT VERZICHTET HAST...
... IST ES AUF MICH ÜBERGEGANGEN.
ACH... DIE SACHE WAR MIR ZU KOMPLIZIERT. ICH HAB SIE NICHT VERSTANDEN. TUT MIR LEID.
MMH, WIE ANGENEHM DER KAFFEE WÄRMT...!
WEISST DU, DIESES HAUS IST EIN WICHTIGES ANDENKEN AN DEINE GROSSMUTTER...
... UND DARUM EINE KOSTBARKEIT FÜR MICH.
ES IST ZWAR DEIN ZUHAUSE, ABER GEHÖREN WIRD ES AB SOFORT MIR.
SO WILL ES DAS GESETZ...
... UND AN DAS GESETZ MUSS MAN SICH NUN MAL HALTEN.

* DAUER DER ERSTEN TRAUERPHASE IM BUDDHISMUS.

... NICHT WAHR?
DU BIST DOCH CHIHARU-KUN?
HACH! DU BIST ALSO WIEDER DA. WIE GEHT ES DIR?
ICH WOLLTE GERADE ZUM HAUS...
KOTA...
GEH SCHON MAL VOR.
OKAY.
WUPP
RIN, KOMMST DU?

JA, WAR ICH... VIELEN DANK, LIEBE DAMEN.
DABEI WAR'S GERADE SO NETT!
HACH!
RIN-CHAN, KOMM AUCH MAL WIEDER VORBEI!
DANN WARTEN WIEDER KLÖSSCHEN AUF DICH.
JA, VIELEN DANK!
GRMPF
WENN DU WAS NICHT WILLST, SOLLTEST DU ES DEUTLICH SAGEN!
SELBST EIN KLEINKIND KANN SICH BESSER BEHAUPTEN ALS DU!
GRMPF
JA, TUT MIR LEID...
SORRY, KOTA... DU HAST MICH ECHT GERETTET.
DAS NÄCHSTE MAL MACHE ICH DAS NICHT MEHR!
ÄHM...
CHIHARU-KUN...
HÖR MAL, CHIHARU...

...
SST
STIMMT!
?
DIESER ANDRANG PLÖTZLICH...
ICH HAB DEIN BUCH GEKAUFT.
SCHREIB MIR BITTE AUCH WAS.
MIR AUCH!
KRT
...?
TJA...
UOKICHI-SAN MACHT DAS SCHLAU.
JA, ER HOLT SICH EINE WERTVOLLE AUFWERTUNG FÜR SEINEN LADEN.
ES IST WIE IMMER...
WER IST DAS?
NICHTS ZU MACHEN...
KRIEGE ICH AUCH SO WAS?
DARF ICH EIN FOTO MACHEN?
...
...
HEY, CHIHARU! BIST DU NOCH NICHT FERTIG?
HM?
WENN ICH NICHT BALD NACH HAUSE KOMME, WIRD MAMA SAUER.
!
AH... JA...
ACH, WARST DU GERADE MIT KOTA-KUN EINKAUFEN?

DU BIST DOCH CHI-HARU-KUN, NICHT WAHR? SHIZUES ENKEL?
HM... WIE VIELE JAHRE WIRD DAS HER SEIN?
ICH HAB MIR DEIN BUCH GE-KAUFT.
DAN-KE...
WARST DU SCHON IM FERN-SEHEN?
WAH
ES KOMMT SICHER BALD EIN NEUES, ODER?
WAH
WAH
BRINGST DU ES UNS DANN MIT?
BUCH?
CHIHA-RU IST ROMAN-AUTOR.
ROMAN...
は
STAUN
DAS HEISST ALSO...
... CHIHARU SCHREIBT AUCH GESCHICH-TEN...
HEY, KÖNNTEST DU MIR EIN PAAR ZEILEN SCHREIBEN? DAMIT SCHMÜCKE ICH DEN LADEN.
ABER NICHT DOCH...! DAS WÄRE...
KOMM SCHON! NUN ZIER DICH NICHT.
SHIZUE-SAN HÄTTE OHNE MIT DER WIMPER ZU ZUCKEN WAS GESCHRIE-BEN.
NIMM DIR EIN BEISPIEL AN IHR!

DRÄNGEL
ちやっ ほや
DRÄNGEL
DRÄNGEL
ちやっ ほや
DRÄNGEL
WAH
WAH
WAH
WAS GEHT HIER AB?
CHIHARU! DU BIST AUCH HIER?
WAR 'NE SUPERIDEE, RIN MITZUNEHMEN! ICH WUSSTE, HIER WÜRDEN ALLE AUF IHN ABFAHREN.
WAH
WAH
WAH
OH! CHIHARU!
SIEH NUR! ALLE EINKÄUFE ERLEDIGT!
UND ICH HAB NOCH VIEL MEHR BEKOMMEN!
REICHE BEUTE
FISCH
GEMÜSE
DIE JUNGEN DAMEN IN DER FUSSGÄNGERZONE SIND ALLE SUPERNETT.
HACH, RIN-CHAN! DU NENNST UNS ALTE TANTEN „JUNGE DAMEN“!
WAAAH
IN MEINEN AUGEN SEID IHR ALLE JUNG UND HÜBSCH.
DU MEINE GÜTE ...!
FÜR IHN ALS GOTT SIND WOHL ALLE MENSCHEN JUNG ...
HIER NOCH SÜSSE KLÖSSCHEN FÜR DICH!
RIN HAT ECHT TALENT!
RIN-SAN, DAS REICHT JETZT.
LASS UNS ...
HEY, DU! WARTE DOCH MAL ...

WO BLEIBEN SIE NUR?
ICH SEHE MAL NACH IHNEN.
GRAPP
WARTE DOCH, CHIHARU!
WILLST DU DAS WIRKLICH? WIR REDEN VON DER FUSSGÄNGERZONE.
UM DIE ZEIT SIND DA VIELE LEUTE...
EGAL...
ICH SEHE MICH NUR KURZ UM UND KOMME GLEICH WIEDER.
TAPP
* FUSSGÄNGERZONE.
UNGLAUBLICH, DIESER KERL!
...!!

ICH HAB MICH BREIT-SCHLA-GEN LASSEN ...
SCHÖN AUF DIE AUTOS ACHT-GEBEN!
MACHE ICH!
GRMPF
GRMPF
GRMPF
HFF
URARA, FALLS DER DA WAS KOMISCHES MACHT, MUSST DU IHN STOPPEN, JA? KANNST AUCH GERN ZUBEISSEN!
HFF
HFF
KÖNNEN WIR JETZT GEHEN, CHIHARU?
ALSO... MÖHREN... RETTICH UND...
RETTICH UND...?
HFF
ER KENNT IHN DOCH GAR NICHT RICHTIG.
BIS SPÄTER!
NA JA... IMMERHIN IST URARA DABEI.
UND SIE SIND JA AUCH GLEICH WIEDER DA ...
30 MINUTEN SPÄTER
GRMPF
KOMMT END-LICH!
GRMPF
GRMPF
50 MINUTEN SPÄTER
KOMMT END-LICH!
GRMPF
2 STUNDEN SPÄTER
SIE KOMMEN NICHT!
WOHIN SIND DIE ZUM EIN-KAUFEN GEGAN-GEN?
TJA, SIE SIND SCHON RECHT LANGE WEG...

DAFÜR HAB ICH ZU WENIG GEMÜSE.
SOLL ICH WELCHES KAUFEN GEHEN? BIN HIER OHNEHIN FERTIG.
HMMM ...
DARF ICH URARA MITNEHMEN? DANN WAR ER AUCH GLEICH GASSI.
HIBBEL
JA.
KLAR.
HIBBEL
PRIMA!
RIN, KOMMST DU AUCH MIT?
ICH SOLL MITKOMMEN?
WAS?
MIT IHM ZUM EINKAUFEN?!
SO KÖNNTE ES KOMMEN.
ICH BIN EIN WASSERGOTT!
ICH HOLE MEINE BRAUT ETC. ...
RAUN
RAUN
HM? SELTSAME GESTALT...
MAMA! ANGST!
RETTICH BITTE!
BAAAM
ODER SO.
WAH! MEIN GESCHÄFT!
ACH... LASS DEN KERL BESSER HIER, KOTA.
WIESO? MIT IHM WÄRE ES DOCH LUSTIGER.
UND DIE ALTEN GEMÜSEFRAUEN MÖGEN JUNGE MÄNNER DOCH SO SEHR.
A... ABER... KOTA...
PLAPPER
KLUGES KÖPFCHEN, KOTA! ♡
PLAPPER
MEIN NEFFE IST SO EIN KLUGER JUNGE! ♡
ICH WILL MIT! ICH WILL MIT!
OKAY, ABER ES MÜSSEN DOCH NICHT ALLE GEHEN...
← YURIS CHIHARU-IMITATION

SCHLUCHZ
ACH, NA JA... DIE DREI VERSTEHEN SICH EBEN GUT.
SCHLUCHZ
CHIHARU MEINTE, TSUKASA SEI FÜR IHN WIE EIN BRUDER...
NICHT BLUTSVERWANDT UND DOCH FAMILIE... BENEIDENSWERT!
ICH WÜNSCHE MIR, DASS CHIHARU EINES TAGES...
DRIP
... MIT SO EINEM FRÖHLICHEN LACHEN MEINEN NAMEN RUFT. ♡
BRUDER...
...?
OMAS EINTOPF WAR IMMER TOTAL LECKER!
MIT MAIS UND TOMATEN!
WIE GERN WÜRDE ICH DEN WIEDER MAL ESSEN.
JA, DER WAR IRRE GUT!
SCHWESTERCHEN, WIE WÄRE ES MIT EINTOPF ZUM ABENDESSEN?
DA HAB ICH JETZT ECHT BOCK DRAUF!
JA, ICH AUCH!
ÄH... NA JA...

GUTE ALTE ZEIT...
DA WAREN WIR IN DER GRUNDSCHULE.
BEIM SPORTFEST.
SEHT NUR, MIR FEHLTEN DAMALS DIE VORDERZÄHNE.
WAH! STIMMT!
...
KRNCH
EEEH?!
WIESO FAULENZT IHR ALLE RUM?
SOGAR DU, RIN!
LOS, ICH HELFE DIR. DANN GEHT ES SCHNELLER...
KULLER
WAH! WAS IST LOS?!
CHIHARU LACHT...
ICH BIN SOOO NEIDISCH!

IRGENDWIE BEGREIFE ICH IHN NICHT.
ACH, MACH DIR KEINE GEDANKEN.
KRK
KRK
EIN NEUER FREUND SOLLTE DIR DOCH WILLKOMMEN SEIN.
ABER JETZT IST SCHLUSS MIT TRÖDELN!
RÜTTEL
RÜTTEL
UAH! HEY! LASS DAS, TSUKASA!
RÜTTEL
LOS! ARBEITE!
WAAAH!!
WONK
SCHEPPER
UMMMMMMS
!
PODOMM
HEY!
WAS MACHT IHR BEIDE DA?!
ER WAR SCHULD.
IHR SEID BEIDE SCHULD!
DABEI WAR ALLES SO SCHÖN SAUBER...
HM?
HEY, SEHT MAL! EIN ALBUM!
WAH! DA WERDE ICH GANZ SENTIMENTAL.
WIESO WAR DAS DA VERSTECKT?

TSUKASA... WAS HÄLTST DU EIGENTLICH VON IHM?
HM...? ICH FINDE IHN GANZ WITZIG.
AUSSERDEM WÄRE ER GUT FÜR UNSER GEMEINDEAMT.
JUNGE ARBEITSKRÄFTE SIND DA SEHR GEFRAGT.
DAS IST ALLES?
MEHR NICHT?
WAS MEINST DU?
IST ER ETWA EIN BÖSER BUBE?
NEIN...
HM...
„BÖSE"... WÜRDE ICH IHN NICHT NENNEN, ABER...

... MUSS ICH ECHT AUFPASSEN, DAMIT NICHT AUFFLIEGT...
... WER ER WIRKLICH IST.
WIE MAN MIT DEM PUTZLAPPEN UMGEHT, WEISST DU JA NOCH VON NEULICH.
KRÄFTIG POLIEREN, BIS ALLES GLÄNZT!
JA, GENAU!
CHI-IIHAAA-RUUU...!
KRÄFTIG POLIEREN...
WIR SIND EXTRA GEKOMMEN, UM DIR ZU HELFEN!
ALSO LEG DU ALS HAUSHERR NICHT STÄNDIG DIE HÄNDE IN DEN SCHOSS!
RÜTTEL
RÜTTEL
RÜTTEL
LASS DAS! HÖR AUF, TSUKASA!
TUT MIR JA LEID!
ICH FALLE NOCH RUNTER!
RÜTTEL
RÜTTEL
ALSO WEISST DU...
ER IST SCHON RICHTIG WIE IHR KLEINER BRUDER...
WIRD ER NOCH LÄNGER BLEIBEN?
NEIN, ICH WILL IHN BALD RAUSHABEN.
ACH JA?
WIE FLOTT DU BIST, RIN! TÜCHTIG! WAAAHNSINN!
WUSCH
TAPP TAPP TAPP TAPP TAPP
TAPP TAPP TAPP TAPP

AUCH HEUTE MORGEN...
AAAAH...
ICH WILL NICHT!
LOS, SCHÖN AUFMACHEN! ♡
OJE!
YURI MEINTE, DIE „AAAAH♡"-NUMMER WÜRDE BEI MÄNNERN FUNKTIONIEREN...
WAS HEISST HIER: OJE?!
WAS BRINGT SIE DIR FÜR KOMISCHE SACHEN BEI?
DASS ER VON YURI JETZT AUCH NOCH SO PEINLICHEN KRAM LERNT...
... IST EINFACH GRAUENHAFT.
ICH FRAGE MICH, WIE VIEL ER IHR ERZÄHLT HAT.
WÄRE ER NUR NICHT SO PENETRANT
SEIN ESSEN SCHMECKT JA GUT...
... UND ER IST SEHR TÜCHTIG...
... MANCHMAL KANN ER AUCH RICHTIG SÜSS SEIN...
HM?
WAS DENKE ICH DENN DA?!
NA JA, JEDENFALLS...

DAS WAR BESTIMMT DIE MACHT DER LIEBE FÜR MEINE ZUKÜNFTIGE BRAUT!
MACHT DER LIEBE... ZUKÜNFTIGE BRAUT...
KLINK
WENN ER DIESES ZEUG BLOSS LASSEN KÖNNTE...!
HAAAH...
FÄNGT DAS SCHON WIEDER AN...
PUUUH...
NA JA, EIN WENIG MUSS ICH WOHL NOCH DURCH-HALTEN.
AUF DIE RÜCKMEL-DUNG DES SCHREINS WARTE ICH JETZT...
... SCHON EINE WOCHE.
RIN-SAN VERHÄLT SICH WIE GEWOHNT.
ICH WASCHE DIR DEN RÜCKEN!
RAUS MIT DIR!
ICH HAB DIR DAS BETT GEWÄRMT!
ER VER-SUCHT STÄNDIG, MICH ZU BEEINDRU-CKEN.
RAUS MIT DIR!

HM?
ABER DIESES WURZELGEMÜSE SCHMECKT NICHT WIE DAS VON YURI.
DER GESCHMACK WECKT ALTE ERINNERUNGEN...
JA, SCHON... ABER...
... HAB ICH DIR DAS JE GESAGT?
HAPPS
HAPPS
HAPPS
ICH WOLLTE ES ETWAS SÜSSER MACHEN.
DU MAGST ES DOCH SÜSSER, ODER?
ÄH?
HMMM...
ALSO, DAS...
GRINS

ぱく
HAPPS
ドキ
DODOMM
ドキ
DODOMM
ドキ
DODOMM
ドキ
DODOMM
MMH...
SEHR LECKER...
GULP
WIN!!
HUR-RAAAA!
VOR KURZEM KONNTEST DU NOCH GAR NICHTS...
... UND JETZT BIST DU GANZ SCHNELL RICHTIG GUT GEWORDEN.
DA SIEHT MAN, WAS FÜR EINE TOLLE LEHRERIN ICH BIN!
VOLLER ERFOLG!
YURI-CHAN VON NEBENAN

WEISSER DRACHE - KAPITEL 3

CHI-CHAN! GUTEN MORGEN!
IST RIN-KUN DA?
DEINE FRAU LEHRERIN IST HIER, RIN-KUN!
?!
YURI! ICH HAB SCHON AUF DICH GEWARTET!
DEIN VERTRAUEN EHRT MICH SEHR.
ICH WERDE MEINE AUFGABE ERNST NEHMEN UND DIR ALLES ÜBER KOCHEN UND HAUSHALT BEIBRINGEN.
AB HEUTE WERDEN WIR UNS BEMÜHEN, EINEN GUTEN EHEMANN AUS DIR ZU MACHEN.
JA!
UND CHI-CHANS HAUS DIENT ALS ÜBUNGSOBJEKT. ♡
AH, VERSTEHE... SO LÄUFT DER HASE ALSO...

ERST WILL ICH MEINE BEZIEHUNG ZU DIR VER-TIEFEN.
ICH WERDE NICHT LOCKER-LASSEN, CHIHARU.
AM NÄCHSTEN MORGEN ...
DING
DOOONG
DING
DOOONG
DING
DOOONG
?
DING
DOOONG
WER KLINGELT DA IN ALLER FRÜHE?

FÜR IMMER HAB ICH NICHT GESAGT.
NUR SO LANGE, BIS DER SHINTO-PRIESTER ZU DEINER AUSTREIBUNG KOMMT.
WIE MAN DUSCHT, WEISST DU, ODER? ALSO MACH DEN REST ALLEIN.
HM?! DU WIRST MICH ALSO NICHT...
PLITSCH
... WA-SCHEN?
DRIP
AUSTREI-BUNG?
FU HU HU...

AB JETZT BADE BITTE IMMER, NACHDEM DU AUF DEM BERG ODER IM FLUSS WARST.
WENN DU HIERBLEIBEN WILLST, MUSST DU DIE MENSCHLICHE LEBENSWEISE ANNEHMEN.
...!
WIE KANN ER BLOSS FÜR EINEN WIE MICH SO WEIT GEHEN?
HM?
CHIHARU! MEIN KOPF VERSTRÖMT EINEN SELTSAMEN DUFT!
DAS KOMMT VOM SHAMPOO.
»SHAMPOO«!
PUH...
WUPP
NA...
NATÜRLICH! DAS WERDE ICH!
UND DANN KANN ICH FÜR IMMER BLEIBEN?
SCHRRT

BADUMM
BADUMM
BADUMM
HAAAH... WENN DU MICH SO MUSTERST, SPÜRE ICH FÖRMLICH...
... WIE DEIN BLICK MEINEN KÖRPER STREICHELT...
SEINE VOLLTÖNENDE STIMME...
... SEIN TOTALER OPTIMISMUS...
... SEINE FEINEN GESICHTSZÜGE...
IRGENDWIE KANN MAN IHN NICHT WIRKLICH HASSEN.
ABER ER IST EIN MANN.
TAUSENDE MENSCHEN WÜRDEN SO WAS LIEBEN UND ER MUSS AUSGERECHNET BEI MIR LANDEN.
PFFF
HM? DAS IST ABER EHER EIN BÖSES LACHEN...
GENAU GENOMMEN SOLLTE ER MIR LEIDTUN.
ICH KANN DEN KERL NICHT BEI MIR AUFNEHMEN.
SST
DAS GEHT NICHT, ABER...
... MIR IST KLAR, DASS ER SEIN BESTES GIBT.
WEISST DU VIELLEICHT, WAS IN CHIHARUS KOPF VORGEHT?

ICH WERDE WEITER-KÄMPFEN!
DER KARTOFFEL-ERFOLG FREUT IHN MEHR ALS DAS BAD, DAS ICH IHM SPENDIERT HABE?
SPLASCH
UAH! HEISS! HEISS!
WIE ER DA IM NETTEN PLAUDERTON ÜBER SEINE ERRUNGEN-SCHAFTEN SPRICHT...
QUIEE
ER HÖRT EINFACH NICHT, WAS ICH SAGE.
AHHH...
EINEN FLUCHT-VERSUCH WÜRDE ER WOHL MIT REGEN UND GEWITTER VERHINDERN.
EIN „GOTT", FÜR DEN SEINE EIGENEN ZIELE OBERSTE PRIO-RITÄT HABEN...
ABER AUCH...
... WENN MAN DIE GOTTSTORY WEGLÄSST, IST ER EINE HARTE NUSS.
LINS

DIE VON MIR GESCHÄLTEN KARTOFFELN HABEN DICH IMMERHIN ZUM LACHEN GE-BRACHT.
DU, DER MICH SONST NIE ERHÖRT, HAST MIR EIN LACHEN GESCHENKT.
DAS REICHT MIR IM MOMENT.
RUBB
ES IST EIN WUNDER-BARER ERSTER SCHRITT.

RED KEINEN UNSINN! MERK DIR LIEBER, WIE MAN RICHTIG BADET. ICH WERDE ES KEIN ZWEITES MAL ERKLÄREN.
SRRSCH
SRRSCH
SRRSCH
AH!
AAAH!
DAS TUT WEH! ETWAS SANFTER, CHIHARU!
HAH...
ABER WAS FÜR EIN LEHR-REICHER TAG FÜR MICH!
ES IST OFFENBAR NICHT SO EINFACH, JEMANDES HERZ ZU GEWINNEN.
MIR NACH-ZUJAGEN IST REINE ZEITVER-SCHWEN-DUNG.
WUPP
ABER PLÖTZLICH HATTE ICH GENAU DIESEN WUNSCH ...
FLATSCH
SCHLAG DIR DAS GANZ SCHNELL WIEDER AUS DEM KOPF!
ZEITVER-SCHWENDUNG?! KEINESWEGS!

うっとり…
SPLISCH
AAAH... TUT DAS GUUUUT!
FÜHLT SICH AN, ALS WÜRDE MAN SCHMELZEN.
WAAAH!
WER HÄTTE GEDACHT, DASS EINES TAGES SO EIN RIESIGER KERL IN MEINER WANNE LIEGEN WÜRDE?
DU KÖNNTEST DICH AUCH AUSZIEHEN, CHIHARU.
STUPS
ES TUT SO GUT! LASS UNS DOCH ZUSAMMEN BADEN.
LÄCHEL
ニコ…

STARR
HM...?
... MAL KURZ STILLHALTEN?
BADUMM
WUPP
PATT
RIN-SAN ...
KÖNNTEST DU...
CHI... CHIHARU?
ZUPP
DUMM BA
SCHAUDER
SCHAUDER
WA... WAS ...?
DUMM BA
SCHAUDER
ANDENKEN VON DER MORGENDLICHEN JAGD
WEISST DU, WIE MAN EIN BAD NIMMT?
HAH
ÄHM...
ÄHM...
FSSCH

SCHMECKT SUPER-LECKER!
VIELEN DANK!
UH...!
STRAAAAAHL
ぱあああああああっ
GUT! ICH WERDE ES AUCH YURI WEITERSAGEN!
ER STRAHLT EIN WENIG ZU SEHR.
BIN GANZ GEBLENDET...
ES GIBT NOCH GENUG DAVON.
BITTE ISS DICH SATT.

UND DU HAST AUCH WIRKLICH NICHTS DAMIT GEMACHT?
STARR
ギッ
N... NEIN!
キュッ
IRKS
HAT ANGST, ES WEGWERFEN ZU MÜSSEN.
NA DANN...
... LANGE ICH MAL ZU.
パ
HAPPS
DIE KARTOFFELN...
... LÖSEN SICH GERADEZU AUF, SO DÜNN SIND SIE...
NOMM
... ABER GUT FÜR EINEN LEEREN MAGEN.
DAS IST...
... ECHT DIE RETTUNG! ICH WAR AM VERHUNGERN.
じっ
LINS
BADUMM
ドキ
BADUMM
ドキ
BADUMM

WAS SOLL DAS SEIN?
SCHMAL...
AARGH ...
PEINLICH, ABER... ES WAR ECHT SCHWIERIG, DIE SCHALE NUR DÜNN ZU ENTFERNEN...
BLUSH
PFFF ...
HE HE
SO ZU SCHÄLEN KOMMT MIR ABER NOCH SCHWIERIGER VOR.
ÄH... SORRY, DASS ICH LACHE...
ÄHEM
...

DU MÖCHTEST DAS SELBST MACHEN?
JA.
DAS ESSEN IST FÜR CHIHARU, DA WILL ICH AUCH WAS BEITRAGEN.
ICH WAR ABER ZU NICHTS ZU GEBRAUCHEN.
RICHTIG PEINLICH!
ABER KEINE ANGST, AUF DEINEM TELLER SIND KEINE VON MIR GESCHÄLTEN KARTOFFELN.
DANN SIND DEINE ALSO HIER DRIN?
SCHRECK
KLINK
MACHT MICH NEUGIERIG ...
AH!
WARTE!

ZING
KLAR BEDEUTET „ESSEN" NICHT BLOSS DIE ROHEN ZUTATEN, SONDERN EIN GEKOCHTES GERICHT!
ABER ICH HAB GERADE NICHT DIE ENERGIE, ZU WIDERSPRECHEN...
HAAAH...
DAS IST NICHT DER PUNKT!
LINS
HAT DER KERL DAS WIRKLICH SELBST GEMACHT?
OB MAN DAS GUTEN GEWISSENS ESSEN KANN?
...
ZWEIFEL
ACH, ICH HAB ES NICHT MIT IRGENDEINEM FLUCH BELEGT ODER SO.
DU SCHEINST ZIEMLICH MISSTRAUISCH ZU SEIN...
DIE HAUPTARBEIT HAT YURI ÜBERNOMMEN.
ICH HAB BLOSS ZUGEGUCKT.
ALSO KEINE SORGE!
WUFF
WUFF
ACH... JA...
SNIFF SNIFF SNIFF
SORRY, OKAY... ALSO, ICH HABE DIE KARTOFFELN GESCHÄLT...

* FRANZÖSISCHER RINDEREINTOPF.

SCHRRT
WAS MACHST DU DA?!
CHIHARU! SCHÖN, DICH WIEDERZUSEHEN!
WIESO SITZT DU HIER DRAUSSEN?
WUPP
WEIL DU MIR VERBOTEN HAST REINZUKOMMEN.
HAT ER DIE GANZE ZEIT HIER GEWARTET?
LINS
ABER SAG MAL, CHIHARU...

KLAR, ICH WAR NICHT EINKAUFEN.
WIE SOLLTE DA WAS IM KÜHLSCHRANK SEIN?
KNURR
GRUMMEL
RTSCH
SNACK AUS DEM ZUG
LEER
ICH MUSS MORGEN EINKAUFEN GEHEN...
... DAS HAUS IN EINEN BEWOHNBAREN ZUSTAND BRINGEN...
NOMM
NOMM
... UND DEN GLASER RUFEN WEGEN DES KAPUTTEN FENSTERS.
KRACK
KRACK
GUT, DASS SICH DER KERL BRAV VOM ACKER GEMACHT HAT.
KRRT
SAAA
EH...?

JA. HEUTZUTAGE KOMMT ES SEHR GUT AN, WENN AUCH DER MANN IM HAUSHALT HILFT.
DAS SOLLTEST DU DIR MERKEN, RIN-KUN.
VER-STEHE...
IN DEM FALL...
... HÄTTE ICH GLEICH EINE BITTE, YURI...
AZUMA-SAN, ICH HAB DAS MANU-SKRIPT GERADE ABGE-SCHICKT.
JA, DAN-KE...
JA...
!
SORRY, SORRY... ICH HAB DICH VERNACH-LÄSSIGT, URARA...
LASS UNS WAS ESSEN, JA?

WIE HAST DU ES DAMALS GESCHAFFT, DEINEN MANN RUMZUKRIEGEN?
HM? NA JA, ICH HAB SO EINIGES PROBIERT.
UND WÄHREND DER GANZEN ZEIT...
... HAB ICH MIR TÄGLICH DEN KOPF ZERBROCHEN...
... WAS IHN WOHL ERFREUEN WÜRDE.
MAN SUCHT BESSER NICHT NACH DINGEN, DIE MAN SELBST MAG...
... SONDERN EHER NACH SOLCHEN, DIE DER ANDERE SICH WÜNSCHEN KÖNNTE.
ACH!
UND DANN NATÜRLICH DIE KOCHKUNST!
DAS IST DER SCHNELLSTE WEG ZU EINER GUTEN BEZIEHUNG. ♪
...
KOCHKUNST?

WOOOW!
RIN-KUN, BIST DU EIGENTLICH IN JEMANDEN VERLIEBT?
JA... ABER ES IST EINE EINSEITIGE LIEBE.
WAS ICH AUCH TUE, ICH ERNTE NICHT DAS KLEINSTE LÄCHELN.
LIEBESGESCHICHTEN...
ACH...
WENN JEMAND SCHWER ZU GEWINNEN IST, SPORNT DAS DEN EIFER NOCH MEHR AN.♪ DAS ERINNERT MICH AN MEINEN MANN...
SELBST MEIN GESCHENK HAT ANSTATT FÜR FREUDE NUR FÜR ÄRGER GESORGT.
GESCHENKE SIND SCHWIERIG, SOLANGE MAN DEN GESCHMACK DES ANDEREN NOCH NICHT KENNT.
VERSTEHE...
ZIPP
WAS WAR DENN DAS GESCHENK?
WILDSCHWEIN, KANINCHEN UND EIN HUHN... EIN FESTMAHL AUS DER NATUR!
SCHÖN SAFTIG UND LECKER!
OH, NETTE IDEE! FLEISCH IST DOCH WUNDERBAR!
DENKT KEINE SEKUNDE AN LEBENDIGE TIERE.
JA, NICHT WAHR?
UND KOSTET AUCH EINIGES!

Ihr Abgabetermin ist heute! Meine Güte... Sensei...!
DAS HATTE ICH VERGESSEN!
Was zur Hölle ist los mit Ihnen?!
Sie sind neuerdings so seltsam.
Das hier ist ein echtes Problem!
Schicken Sie den Text unbedingt noch heute. Ich habe morgen frei.
HM? ÄH? HALLO...?
KOMISCH...! IRGENDWIE IST DIE VERBINDUNG...
HALLO...?
KLICK
HAAAH...
AZUMA-SAN, ES TUT MIR LEID...
ICH HAB HUNGER...
KNURR
DAS CHAOS IST NOCH NICHT BESEITIGT...
... ABER...
PUUUH...
... WAS SOLL'S?! DIE ARBEIT GEHT VOR.

HÄTTE ICH DAS BLOSS GLEICH AM ANFANG GEMACHT...
GRUMMEL
GRUMMEL
GRUMMEL
GRUMMEL
BZZ BZZ BZZ BZZ
!
IIIIRKS
WO ZUM TEUFEL SIND SIE, IZUNOME-SENSEI?!
VIELLEICHT DER SCHREIN VON VORHIN?!
ZUCK
JA? HALLO?
A... Azuma-san... Hallo...
WAS HEISST HIER "HALLO"?!
ICH HAB SIE WEDER PER MAIL NOCH TELEFONISCH ERREICHT! UND DAHEIM SIND SIE AUCH NIE!
ICH WAR SCHON IN SORGE, SIE HÄTTEN SICH ERHÄNGT ODER SO!
ICH HAB VERGESSEN, IHM BESCHEID ZU SAGEN ...
TUT MIR LEID, ICH BIN GESTERN AUFS LAND GEFAHREN...
Aufs Land?!
Na, wenigstens sind Sie noch am Leben. Schicken Sie mir bitte sofort das Manuskript!
ÄH? DAS MANUSKRIPT?
?
Was? Der Text soll im kommenden Monatsheft erscheinen!
...
...

ICH FLEHE DICH AN! HAU ENDLICH AB!
FLOMP
UHU-UU...
EINER WIE ICH SCHRECKT VOR EINEM KLEINEN MESSER ZURÜCK?
WIESO BEGEGNEST DU MIR IMMER NUR MIT VERÄRGERTEM BLICK?
?
CHIHARU ...
SAAA
HM?
RIN-KUN? WAS IST LOS? WAS MACHST DU HIER?
TAPP
SWIFF
SWIFF
HAH
DASS AUSGERECH-NET DIESE LÄCHERLICHE DROHUNG WIRKUNG ZEIGT...

ZINK
IRKS
GRAPP
TSCHICK
AAAH!
FLONK
HÖR ZU, DU LIEBER GOTT!
SOLLTEST DU JE WIEDER EINEN FUSS IN DIESES HAUS SETZEN...
... SCHNEIDE ICH DEINER BRAUT DIE KEHLE DURCH! HAST DU VERSTANDEN?!
WAAAH! WELCH GRAUSAME DROHUNG, CHIHARU!

KLONK
AAAH! TUT MIR LEID!
SIE SIND NOCH ETWAS ZU LEBENDIG...
BONK
DONK
DRIP
KICK
DRIP
UH...
ZITTER
EINFACH DIESEN ZOO HIER REINZU-BRINGEN!
JETZT IST DAS FENSTER KAPUTT!
ZITTER
ZITTER
UND WIE OMAS ALTAR ZUGERICH-TET IST!!

QUIIIEK
BIN WIEDER DA, CHIHARU!
FLAPP
FLAPP
FLAPP
UND ICH HAB FRÜHSTÜCK DABEI!
QUIIIEK
TAPP
?!
QUIIEK
WARTE, HALT! WAS SOLL DAS GANZE?!
GAAK
ICH HAB UNS FRÜHSTÜCK MITGEBRACHT.
QUIIIIIEK
GRMPF
BRING DIE TIERE WIEDER ZURÜCK!
GOGOCK
WAS? ABER SIE SIND LECKER! ALLE SCHÖN FLEISCHIG!
ICH HABE NUR WELCHE AUSGESUCHT, DIE DU BESTIMMT SCHON MAL GEGESSEN HAST.
???
FLAPP
ZUCK
FLAPP
FLAPP
ZERR
GAAK
WAS ISST DU BLOSS NORMALERWEISE?
WIE AUCH IMMER... BRING MIR SOLCHE VIECHER NICHT INS HAUS!
GRMPF
SIE KÖNNTEN HIER DRIN ALLES ZER...
WUPP

ICH WÜRDE IHNEN GERN SOFORT EINEN TERMIN ANBIETEN, ABER...
... WIR SIND IM MOMENT LEIDER MIT EINEM NOTFALL BESCHÄFTIGT.
DER GOTT AUS DEM TEICH IST VERSCHWUNDEN!
WUSEL
WUSEL
WIR MÜSSEN FÜR SEINE RÜCKKEHR BETEN!
OH NEIN! OH NEIN!
WUSEL
I... ICH HABE HIER AUCH EINEN ZIEMLICHEN NOTFALL.
KÖNNTEN SIE NICHT DOCH...
Tut mir leid. Wir haben zu wenig Personal.
ABER WENN NICHTS PASSIERT, WIRD MEIN GANZES HAUS ZERSTÖRT!
Ich melde mich wieder, sobald ich kann.
Halten Sie noch etwas durch.
KLICK
EH?! HEY!
AUFGELEGT! NICHT ZU FASSEN!
BLIPP
ICH SOLL ALSO DURCHHALTEN...
RUMPEL
RUMS
HM...?

HMMM...
KLACK
Drachen bekämpfen
KLACK
Gott vertreiben
KLACK
DARÜBER FINDET MAN NICHTS...
KLAR, DRACHE IST ZU FANTASY UND EI-NEN GOTT HEISST MAN NORMALER-WEISE DANKBAR WILLKOMMEN.
IN SO EINEM FALL IST ES WOHL BESSER...
KLACK
TATSUMORI-SCHREIN HIER, GUTEN TAG.
ABER EINER, DER SICH SELBST GOTT NENNT... KÖNNTE AUCH EINE ART BÖSER GEIST ODER DÄMON SEIN.
HIER ALS LAIE IRGENDWAS ZU VERSUCHEN KÖNNTE GEFÄHRLICH WERDEN.
WAS? DIE AUS-TREIBUNG EINES BÖSEN GEISTES? HMMM...

SCHAUDER
OMA...
KÖNNTE ICH DAS ENDE DER GESCHICHTE BESTIMMEN, WÄRE ES FOLGENDERMASSEN...
„ALS SICH HERAUSSTELLTE, DASS DER BAUER KEINE TOCHTER, SONDERN NUR EINEN SOHN HATTE, ZOG DER DRACHE SICH ZURÜCK UND LIESS DEM JUNGEN SEINE FREIHEIT.
SPÄTER FAND ER EINE FÜR IHN PASSENDE BRAUT, MIT DER ER GLÜCKLICH WURDE.
UND WENN SIE NICHT GESTORBEN SIND...“
KNURR
AH!
OH, DU ÄRMSTER...
!
HAST WOHL HUNGER, WAS?
ICH BRINGE DIR WAS ZU ESSEN.
WUSCH
M!?
...
EH?! HEY!
WARTE KURZ! BIN GLEICH ZURÜCK.
ZINK
UND ICH...
... SOLL WOHL AUFRÄUMEN!?

... ERGIBT EINFACH KEINEN SINN.
ER STRESST MICH!
DIESER KERL, DER MICH FÜR SEINE BRAUT HÄLT...
... IST EIN DRACHENGOTT, DER IM TEICH AUF DEM HÜGEL WOHNT.
LAUT SEINER VEREINBARUNG MIT MEINER VERSTORBENEN OMA KOMMT ER MICH NUN HOLEN, MEINT ER...
... ABER LEIDER INTERESSIERE ICH MICH WEDER FÜR MÄNNER NOCH FÜR OKKULTISMUS.
DA ER MEINE ZURÜCKWEISUNGEN EINFACH IGNORIERT UND GAR NICHT AUF MICH EINGEHT, HABE ICH EINFACH AUFGEGEBEN.
KAUM BIN ICH DEM ANDEREN LEBEN ENTFLOHEN, ERGREIFT SOFORT ETWAS NEUES VON MIR BESITZ.
ICH BIN ECHT VOM PECH VERFOLGT...
ZUPP
JETZT MAGST DU MICH VIELLEICHT NICHT BESONDERS...
... ABER...
... ICH WERDE DEINE LIEBE BESTIMMT NOCH GEWINNEN.

WUUU!!
ÄHM...
WIE WAR NOCH GLEICH DEIN NAME?
RIN.
NENN MICH BITTE EINFACH RIN. ♡♡♡
ALSO HÖR MAL, RIN-SAN*...
* HÖFLICHE ANREDE.
WAS MACHST DU SCHON WIEDER HIER BEI MIR?
ICH HAB ES DIR GESTERN GESAGT...
DU NERVST, ALSO GEH BITTE ZURÜCK IN DEIN EIGENES ZUHAUSE.
UND NOCH WAS...
ERST MAL EINE BITTE...
VERWANDLE DICH NICHT HIER IM HAUS. DU ZERSTÖRST ES SONST.
FLAPP
FLAPP
CHIHARU... ICH BIN DEIN ZUKÜNFTIGER EHEMANN.
ICH DARF MEINER GELIEBTEN BRAUT UNTER KEINEN UMSTÄNDEN VON DER SEITE WEICHEN.
ICH GEHÖRE DAHIN, WO DU BIST.
ALSO IST DAS HIER AUCH MEIN HAUS.
KNEIF
...
SEINE STORY ...

WEISSER DRACHE - KAPITEL 2

TOCK
GESTERN HAT DER ALTE NACHBAR VON DAHINTEN ETWAS UNGE-WÖHNLICHES BEOBACHTET...
ZSS
ZSS
ZSS
ALS ER AUF DEM HÜGEL WILDSCHWEINE JAGTE, KAM PLÖTZLICH EIN HEFTIGER STURM AUF.
ZSS
ZSS
ZSS
ER BLICK-TE NACH OBEN...
ZSS
... UND SAH HOCH AM HIMMEL EINEN WEISSEN DRA-CHEN FLIEGEN!
HM?
BONK
UNGEWÖHN-LICH WAR AUCH DIESES UNWET-TER GESTERN NACHT. RICHTIG SPANNEND, WAS? ♪
HM... DIESER DRACHE ...
WENN DER ECHT WÄRE, WÜRDE DAS MASSENHAFT TOURISTEN HIERHERLO-CKEN!
ANDERER-SEITS WÜRDE ES WOHL EHER...
... EINE RIESENPANIK IN DER STADT... NEIN IM GANZEN LAND AUSLÖSEN.
WA HA HA

„CHIHARU, WENN ES NACH DIR GEGANGEN WÄRE...
... WELCHES ENDE...
... HÄTTEST DU FÜR DIE BEIDEN GEWÄHLT?“

... WERDE ICH MIR ALLE MÜHE GEBEN...
... DAMIT DU IRGENDWANN DOCH NOCH LERNST, MICH ZU LIEBEN.
»CHIHARU...
MACHT ES DICH UNZUFRIEDEN, DAS ENDE NICHT ZU KENNEN?«
ES NICHT ZU KENNEN...
... LÄSST DEINER FANTASIE MEHR RAUM.
FANTASIE?
VIELLEICHT HAT DER DRACHE DAS MÄDCHEN VERSCHLUNGEN...
... VIELLEICHT WAREN SIE ABER AUCH BIS AN IHR ENDE ZUSAMMEN GLÜCKLICH.

GROLLLLLL
JETZT, DA DU ENDLICH HIERHER ZURÜCKGEKOMMEN BIST...
SAAAAAA
... KANN ICH DICH NICHT MEHR GEHEN LASSEN.
WO ICH DOCH SO LANGE DARAUF GEWARTET HABE...
... DICH WIEDERZUSEHEN.
IGNORIERT ER MEINE GEFÜHLE EINFACH?
KLAR, ER IST IMMERHIN EIN GOTT...
WENN ES...
... DIR SO SCHWERFÄLLT, MICH ZU AKZEPTIEREN...
FLAPP
!

NIEMALS ...?
ES WIRKT, ALS WÜRDE ER MIR ZUHÖREN, TUT ER ABER NICHT.
STÄNDIG KOMMT ER MIR SO NAH...
... ODER TATSCHT MICH AN.
MENSCHLICHE GEFÜHLE SIND WIRKLICH KOMPLIZIERT...
HAAAH
ICH KONNTE SEINEN ATEM...
... AN MEINEM MUND SPÜREN...
ER WEISS GENAU, WAS ICH NICHT MAG - RICHTIG BEÄNGSTIGEND!
DAS SOLL EIN GOTT SEIN?!
DAS IST GAR NICHT GUT.
BEVOR ICH DAS NOCH LÄNGER MITMACHE...
泉妻*
... FAHRE ICH LIEBER ZURÜCK NACH TOKIO.
SCHRRT
RUMS
SPLISCH
SPLISCH
RA RA RA RA RA RA RA RA RA BA
WAH! WIE ES PLÖTZLICH SCHÜTTET!
UND DIESES DONNERN!
FSSSCH
GROLLLL
BITTE ERHÖRE MICH, CHIHARU!

* IZUNOME.

BITTE SAG JA.
VERBRING DEIN LEBEN AN MEINER SEITE.
DO
DO
DO
DO
DOMM
KEINE AHNUNG, WIE DU ALS GOTT...
... DIE SACHE SIEHST, ABER...
... NORMA-LE MEN-SCHEN ...
... UND SPEZIELL EINER WIE ICH...
WAR IN DER MITTELSTUFE IM JUDOKLUB.
... WÜRDEN SICH NIEMALS MIT EINEM UN-BEKANNTEN...
... AUF SO WAS EINLASSEN!
ZINK
WHAMM
!

ICH BIN NICHT GEKOMMEN, UM DIR WEHZUTUN.
ICH WILL...
... DASS WIR EINE FAMILIE WERDEN.

HAAAAAH
ICH BIN AM ENDE... WAS SOLL DAS ALLES?
WIEDER NORMAL
WO MUSS ICH BETEN, UM DIESEN FLUCH LOSZUWERDEN?
IM SCHREIN? IM TEMPEL?
RUBB
GNNN
RUBB
WAS HAST DU DIR NUR DABEI GEDACHT...
... MIR SO WAS ANZUTUN, OMA?
CHIHARU...
WIE KONNTEST DU NUR?
HASST DU MICH?
BITTE HAB KEINE ANGST.

WAH!
AAAAH! WAS SOLL DAS?! WAS IST MIT MEINER HAND LOS?!
WAS DAS SOLL?
... WÄHREND ICH NICHT WEISS, WIE MIR GESCHIEHT...
... VERWANDELST DU MICH IN IRGENDWAS NICHTMENSCHLICHES UND ENTFÜHRST MICH IN DEN TEICH?
GENAU!
VERLASS DICH AUF MICH! ICH MACHE AUS DIR EINEN WUNDERSCHÖNEN, WÜRDEVOLLEN DRACHEN!
ALS MEINE FRAU WIRST DU MIT MIR IM WASSER LEBEN.
ALSO MUSST DU DIE GLEICHE GESTALT ANNEHMEN WIE ICH.
ALS MENSCH KÖNNTEST DU DORT NICHT ATMEN UND WÜRDEST STERBEN.
...
HEISST DAS...
NU...
NUR ÜBER MEINE LEICHE!!!
MA... MACH DAS...
... RÜCKGÄNGIG!
SOFORT !!
... BITTE ...
SO NAH! ♡♡

ICH MUSS ES IHM MÖGLICHST SCHONEND, ABER DEUTLICH SAGEN.
ÄHM...
DANKE, DASS DU MICH VOR DEN WILD-SCHWEINEN GERETTET HAST...
... ABER... WEN ICH HEIRATE, WERDE ICH SELBST BE-STIMMEN.
IM ÜBRIGEN BIN ICH DER-ZEIT NICHT AN EINER HEIRAT INTERES-SIERT.
EHRLICH GESAGT, DU NERVST!
SORRY, ABER BITTE GEH JETZT!
GAAAH
ICH NERVE DICH?! WIESO?!
GLAUB MIR, ICH WERDE VON MEINEN VORGESETZTEN UND UNTERGE-BENEN SEHR GESCHÄTZT. ICH BIN STARK UND...
BITTE GEH!
ICH BIN EINE ERST-KLASSIGE PARTIE.
BITTE GEH!
EEEH...? NICHT DOCH...!
ICH DACHTE, DU WÜRDEST MICH WILL-KOMMEN HEISSEN...
WIESO SOLLTE ICH?
DU NERVST!
O... OKAY, ALSO ...
WIE FIN-DEST DU DAS?!
ZUPP
IMMERHIN STECKT IN DIR NOCH EIN JUNGE.
DAS HIER WIRD DICH BESTIMMT BEEINDRU-CKEN!
ZOSCH
BAAAM
?!

... MICH DIESEM KERL VERSPROCHEN?
DIE SACHE KOMMT ETWAS PLÖTZLICH. DU BIST SICHER ÜBERRASCHT ...
... ABER HAST DU BIS JETZT ALLES VERSTANDEN?
ABER SO VIEL IST SICHER...
EIN GANZ NORMALER MENSCH IST ER NICHT.
HAH ...
NA JA...
ICH VERSTEHE, WAS DU SAGST... ABER ES HÖRT SICH NICHT SEHR REAL AN.
SORRY, ICH BIN NICHT MEHR KLEIN GENUG, UM SO WAS AUF ANHIEB ZU GLAUBEN.
WILL ER MICH FÜR EINE SEKTE ANWERBEN?
TRÄUME ICH IMMER NOCH?
TJA, DAS DACHTE ICH MIR.
MEIN PERSONAL MEINT AUCH, ICH SEI NICHT MAJESTÄTISCH GENUG.
ES WÄRE RISKANT, IHN DURCH UNBEDACHTE WORTE ZU VERÄRGERN...
... ABER EINFACH SO HIERBEHALTEN WILL ICH IHN AUCH NICHT.

ICH HABE SHIZUE-SAMA EINE BITTE ER-FÜLLT...
... UND SIE HAT MIR DAFÜR DICH ZUR FRAU VERSPRO-CHEN.
HM...?
WIE WAR DAS EBEN...?
OMA HAT...

*SEHR HÖFLICHE, VERALTETE ANREDE.

DU VERRÄTST MIR JETZT...
SCHRRT
WONK
ABER DER EINTOPF!
KULLER
... WAS DAS GANZE SOLL!
ICH WILL EINE VERNÜNFTIGE ERKLÄRUNG!
AAAH!
GRAPP
BADUMM
NICHT DOCH, CHIHARU! WIR SIND NOCH NICHT OFFIZIELL VERHEIRATET!
WAS HAST DU HIER IM DUNKLEN VO...
BOOOONK
ICH WACHE SCHON SEIT ALTEN ZEITEN ÜBER DIESE GEGEND... ALS WASSERGOTT.
IN GESTALT EINES DRACHEN LEBE ICH IN DEM TEICH, AN DEM DU HEUTE ZUM BLUMENPFLÜCKEN WARST.
DRACHE?

* ANREDE FÜR JUNGEN UND JÜNGERE MÄNNER.

MACHT ES DICH UNZU-FRIEDEN, DAS ENDE NICHT ZU KENNEN?
TJA, WAS DAS ANGEHT...
CHI-CHAN, BIST DU WACH?
AH, ICH KOMME WOHL GERADE RICHTIG.
WIR WOLLEN HEUTE ALLE ZUSAMMEN ZU ABEND ESSEN.
EINEN TRAUM AUS DER KIND-HEIT...
...HATTE ICH SCHON LANGE NICHT MEHR...
HM? HAB ICH DIE GAN-ZE ZEIT GESCHLA-FEN?
OKAY ...

IST DIESE GESCHICHTE WAHR?
HM? WELCHE?
DIE VON DEM DRACHEN, DER ES REGNEN LÄSST.
TJA... WER WEISS? DIE SACHE SOLL SICH ZUGETRAGEN HABEN, LANGE BEVOR ICH GEBOREN WURDE.
WAS WURDE AUS DEM DRACHEN UND DEM MÄDCHEN?
FU, HU, HU... WAS DENKST DU?
ICH DENKE, DASS DAS MÄDCHEN VOM DRACHEN VERSCHLUNGEN WURDE. SIE WEINT JA AUCH AUF DEM BILD!
ABER, ABER!
VIELLEICHT NUR AUS VERLEGENHEIT, WEIL ER SO EIN TOLLER HELD IST!?
EEEH? DAS WÄR DOOF!
ALSO, MIR WÜRDE DAS BESSER GEFALLEN.
CHIHARU...

SWUUU
... DIE PROBLEME MIT DER ARBEIT SO ÜBERFORDERT...
... DASS ICH JETZT KOMPLETT DURCHDREHE?
BAAAAM
OH!
DA KOMMEN LEUTE!
RAFF RAFF RAFF
?!
ZUCK
OH NEIN! OH NEIN!
SCHNAPP
ZOOOSCH
HALTE DICH ORDENTLICH AN MIR FEST, CHIHARU!
WA... WAS?!
WAS SOLL DAS ALLES?!
SAG MAL, OMA...

TARAPP
SCHERT EUCH ZURÜCK IN EUER LOCH!
NA HA HA
NA HA HA
HACH! ENTZÜCKEND, WENN DIE KLEINEN LEBEWESEN SO FOLGSAM SIND.
STARR!
WUPP
UND? WIE FAN-DEST DU DAS?
IRKS
ICH... WAR RICHTIG COOL, WAS?
WIE... WIE UNFAIR! WO ICH DICH DOCH MIT ALLER KRAFT VERTEIDIGT HAB!
BUHUUU
BUHUUU
OH MANN...! PASSIERT DAS HIER GERADE WIRKLICH?
BITTE KOMM MIR NICHT ZU NAH!
HM? HM?!
BAAAM
EBEN WAR ER NOCH EIN MENSCH...
... UND JETZT...
... IST ER EIN RIESIGER DRACHE...
... MIT WEISSEN SCHUPPEN... UND WEISSER MÄHNE...
HA... HABEN MICH...

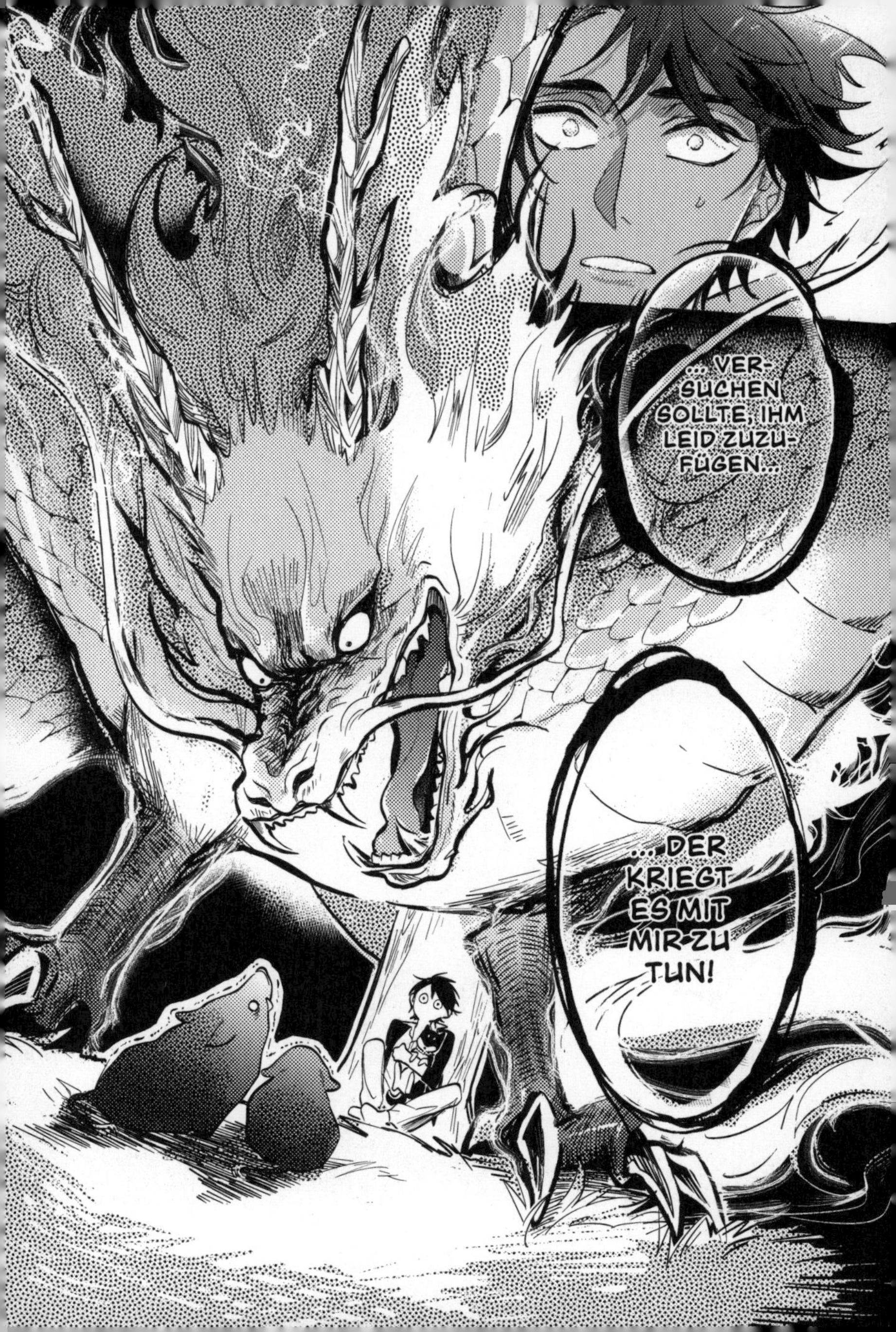
... VER-SUCHEN SOLLTE, IHM LEID ZUZU-FÜGEN...
... DER KRIEGT ES MIT MIR ZU TUN!

BÖSE TIERCHEN!
KRII
HATTE ICH EUCH NICHT GERADE GESAGT...
KRK
KRK
KRK
KRIII
... IHR SOLLT MEINER BEGLEITUNG KEINE ANGST MACHEN?
DOMP
FLONK
DIESER MENSCH GEHÖRT MIR!
WER, AUS WELCHEN GRÜNDEN AUCH IMMER...
ZSS
ZSS
ZSS
ZSS
ZSS
ZSS

UNSER NEUES ZUHAUSE IST HIER LANG. ES WIRD DIR BESTIMMT GEFALLEN!
HM?
WARTE MAL! FALLS DU MICH AUF DEN ARM NEHMEN WILLST...
GRUOOOOOH
RAAH
TARAPP
ACH DU
WUSCH
... MEINE GÜTE...!
ZOSCH

RRROOAR
HUCH!
VERZEIH. KOMME ICH UNGE-LEGEN?
WIR WERDEN GERADE ANGE-GRIFFEN!
TARAPP
TARAPP
FIEP
UM DIE JAHRES-ZEIT SIND DIE WILD-SCHWEINE HUNGRIG UND LEICHT REIZBAR.
BEWEG DICH LEISE UND LANGSAM ZURÜCK.
HACH...!
HEY, IHR! HÖRT AUF DAMIT. MACHT MEINER BEGLEITUNG KEINE ANGST.
IMMERHIN HANDELT ES SICH UM MEINE ZUKÜNFTIGE FRAU!
GRAPP
?
HÄ? JETZT WIRD ES ERST RICHTIG GEFÄHR-LICH...

SAAA
ENDLICH HAB ICH DICH GEFUN-DEN!
?!
MIR IST VORHIN EIN SCHLIMMER FEHLER UNTER-LAUFEN.
DER TYP VOM BAHNHOF?
ICH DACHTE, CHIHARU WÄRE EIN FRAUEN-NAME...
HACH, UNVER-ZEIHLICH!
ER KAM ANGE-FLOGEN!
DOMP
?!
ABER DASS DU EXTRA FÜR MICH GEKOMMEN BIST...
ROOAR

RAFFRAFFRAFF
LA... LASS DAS, URARA! BLOSS NICHT REIZEN, SONST...
!!
WHAMM
EH?
KLAFF
WUPP
SCHARR
DAS SIND WOHL DIE WILD-SCHWEINE, VON DENEN TSUKASA GESPRO-CHEN HAT.
WAS JETZT?
WENN DIE EINEN ERWISCHEN, IST MAN ERLEDIGT...
SAAA
CHIHARU!

... RA...?
DOMM
KRRT
GRR
GRR
HM?
WILD... SCHWEI-NE...
UH...
MIST...!
DIE SIND RIESIG...

BLUMEN... BLUMEN...
DA DRÜBEN SIEHT'S GUT AUS.
ZUPP
TRÄUM
DIE GERÄUSCHE DER NATUR... UND DES WASSERS...
ZUPP
DAS WIRKT HEILSAM...
ZUPP
SNIFF
SNIFF
IN TOKIO FINDET MAN DIESE RUHE NICHT.
OBWOHL ICH KAUM GUTE ERINNERUNGEN MIT DIESEM ORT VERBINDE...
... BIN ICH FROH, HERGE-KOMMEN ZU SEIN.
WUPP
?
GRRRR
GRR
WAS IST, URA...

HEY! LAUF NICHT ZU WEIT WEG!
SAAA
DER TEICH IST JA RICHTIG KLEIN.
TAPP
TAPP
ALS ICH FRÜHER MIT YURI HIER GESPIELT HABE, KAM ER MIR RIESIG VOR.

FIIIEP
ABER EIN BISSCHEN LEER WIRKT ES HIER OHNE OMA SCHON ...
IST JA GUT...
WEISST DU, WAS?
WIR GEHEN ENDLICH MAL WIEDER AUF DEN BERG.
!
* SCHWIMMEN VERBOTEN.
VIELLEICHT FINDEN WIR DA BLUMEN FÜR OMA.
SAAA
遊泳禁止

MIR IST WICHTIGER, DASS DU FÜR IMMER BEI MIR BIST.
ALL DAS MUSS SCHWIERIG FÜR SIE GEWESEN SEIN UND TROTZDEM...
... WAR SIE IMMER HEITER UND FREUNDLICH.
DAS WIRD DICH BEI DEN MÄDCHEN NICHT GERADE BELIEBT MACHEN, CHIHARU.
GRAPP
DER HAUSHALT, IHRE EIGENE ARBEIT UND ICH...
ABER...
ERST JETZT KOMMT DER KERL WIEDER?
SIE HAT IHN AUFGEZOGEN UND DAS IST DER DANK?
DIE BÜRDE WURDE IHR AUFGEZWUNGEN.
SIE KONNTE EINEM BIS ZUM SCHLUSS LEIDTUN.

ICH KANN MICH NOCH HEUTE SEHR GUT AN DAS KRATZEN IHRES FÜLLHALTERS BEIM SCHREIBEN ERINNERN...
SCHRRT
BIN WIEDER DA.
KEINE AHNUNG, WIE SIE FÜR MICH SORGEN KONNTE UND TROTZDEM NOCH ZEIT FÜR ANDERES FAND.
SIE HAT ALS SCHRIFTSTELLERIN ZAHLREICHE GESCHICHTEN VERFASST.
MEINE GÜTE...!
NICHT SCHON WIEDER, CHIHARU!
ICH WERDE EINEM JUNGEN NICHT SAGEN, ER SOLL SICH NICHT PRÜGELN...
... ABER WENIGSTENS EINMAL WILL ICH DICH ALS SIEGER HEIMKOMMEN SEHEN.
...
ICH KANN NICHT VON DIESER WELT GEHEN, SOLANGE ICH BESORGT UM DICH BIN.
DANN VERLIERE ICH BESSER WEITERHIN.

ZUERST GEHE ICH OMA BEGRÜSSEN.
HALLO.
TUT MIR LEID, DASS ICH SO SELTEN KOMME.
ICH HATTE DIR SCHNITZEL-SANDWICHES AUS TOKIO MIT-GEBRACHT, HAB SIE ABER DANN AM BAHNHOF VERSCHENKT.
DU KRIEGST DAS NÄCHSTE MAL WELCHE.
MIT LEEREN HÄNDEN...
ERINNERST DU DICH AN OMA?
SNIFF
SNIFF
AN MEINE ELTERN KANN ICH MICH NICHT ERINNERN.
ICH BIN ALLEIN BEI OMA IN DIESEM HAUS AUFGEWACHSEN.

WILDSCHWEINE HABEN DIE FELDER VERWÜSTET. DESHALB SIND EIN PAAR OPAS SEIT DEM MORGEN GANZ AUS DEM HÄUSCHEN.
ICH MUSS MICH BEEILEN.
PATAM
BIN ZUM ABENDESSEN WIEDER DA. CHIHARU, URARA... BIS DANN!
VROOOM
MANN!
TSUKASA DENKT STÄNDIG NUR AN SEINE ARBEIT!
HM...
SRT
HIER EIN KLEINES MITBRINGSEL, YURI.
WAH! SCHNITZEL-SANDWICHES VON HATA! SIEH NUR, KOTA! ♡
FLEISCH AUS DER STADT!
MAMA! DABEI JAMMERST DU STÄNDIG, DU WÄRST FETT.
HEY! SAG DAS JA NICHT PAPA! ♡
HE HE
TSUKASA, YURI, KOTA...
SIE SIND ALLE NOCH GANZ DIE ALTEN. DAS BERUHIGT MICH.
CHI-CHAN! KOMM DOCH RÜBER UND ISS MIT UNS.
HM...

LANG IST'S HER! SIEHST GUT AUS!
HEY, CHIHARU!
JA, EWIG NICHT GESEHEN, SCHWESTERHERZ! HI, KOTA!
DU MUSST MÜDE SEIN.
TAPP
TAPP
FLAPP
URARA! HALLO!
WIE ICH HÖRE, HAST DU DICH UM DEN GARTEN GEKÜMMERT, WÄHREND ICH WEG WAR.
DANKE FÜR DEINE MÜHE.
FLAPP
ICH WOHNE JA GLEICH NEBENAN. ALSO HALB SO WILD.
WIE GROSS DU GEWORDEN BIST!
HM? BIST DU SCHON WIEDER GEWACHSEN?
FRÜHER WAR ICH DIE GRÖSSERE. JUNGS SIND UNFAIR!
DAS SAGST DU JEDES MAL, YURI.
CHIHARU, ICH STELLE DEIN ZEUG VOR DIE TÜR.
YURI, ICH MUSS ZURÜCK INS AMT. ÜBERNIMMST DU DEN REST?
DU MUSST SCHON WEG?

* ANREDE FÜR MÄDCHEN, ABER AUCH FÜR GUTE FREUNDE.

TRÖDEL NICHT RUM! SCHREIB WIEDER SO EIN TOLLES BUCH WIE DAS LETZTE.
EINE STORY ÜBER DIE PAMPA HIER KÖNNTE SICH FÜR UNS BEZAHLT MACHEN.
SCHAREN-WEISE TOURISTEN! AUSGEBUCHTE PENSIONEN! REKORDUM-SÄTZE IN DEN SOUVENIRLÄ-DEN!
OPTIMALE REGIONAL-FÖRDERUNG! DIE OLDIES UND ICH WÜRDEN UNS FREUEN.
ICH FLEHE DICH AN, SENSEI!
VROOOOM
WA HA HA HA
DAS SAGT SICH SO LEICHT...
NA JA, ABER...
... WIE WÄR'S, WENN DU ZUM IDEEN-SAMMELN ZURÜCK-KÄMST?
UND SUCH DIR DOCH AUCH EINE FRAU!
EINE FRAU? WIESO?
AUA!
BONK
WÜRDEST DU EINE FAMILIE GRÜNDEN, KÖNNTE DAS DEINEN ARBEITSEIFER STEIGERN.
OFFEN GESTAN-DEN... BIN ICH JA IMMER NOCH ETWAS SAUER.
„ICH WILL WIE OMA TOLLE ROMANE SCHREIBEN“, MEINTEST DU UND HAST DEM DORF DEN RÜ-CKEN GEKEHRT, UM NACH TOKIO ZU GEHEN.
HI HI HI HI
HÖR AUF MIT DER ALTEN LEIER...

* ANREDE FÜR KÜNSTLER, ÄRZTE, ETC.

IZUNOME.
CHIHARU IZUNOME.
ICH HOFFE, DU WIRST DEINE BRAUT BALD FINDEN.
VROOOM
ÄH...
AH!
SCHRECK
WARTE!
IZUNOME ...
... CHIHARU ...?

NOCH DAZU HABE ICH BEKANNTSCHAFT MIT EINEM NETTEN MENSCHEN UND EINEM „SIMPLEN SCHNITZELSANDWICH" GEMACHT.
EIN GROSSARTIGER TAG! ♪
ES HEISST NUR SCHNITZELSANDWICH, OHNE „SIMPEL".
?!
VROOOM
MÖPO
MÖPO
HEY!
SORRY WEGEN DER VERSPÄTUNG!
OH, EIN AUTO!
TSUKASA!
TJA, ICH MUSS LOS...
KOMMST DU ALLEIN KLAR?
JA, ICH WARTE HIER EINFACH AUF MEINE BRAUT.
ICH WERDE DIR DEINE HEUTIGE GÜTE VERGELTEN.
ACH, MACH DIR DARÜBER KEINE GEDANKEN.
UND KIPP BLOSS NICHT WIEDER UM, JA?
ACH... EINE WICHTIGE SACHE NOCH...
GULP
MEIN NAME IST RIN.
WIE HEISST DU?

?
... IST MERKWÜRDIG. ER TRÄGT HEUTZUTAGE TRADITIONELLE JAPANISCHE KLEIDUNG UND HAT TROTZ SEINER JUGEND WEISSES HAAR.
UND ER WEISS NICHT MAL, WAS BROT IST...
IST DIESES DING NICHT UNANGENEHM?
DARF ICH FRAGEN...
... WAS DU HIER AM BAHNHOF MACHST?
ICH WARTE AUF MEINE BRAUT.
SIE SOLLTE BALD IN DIESE STADT ZURÜCKKOMMEN, ABER...
... ICH BIN EIN WENIG BESORGT, ICH KÖNNTE SIE NICHT WIEDERERKENNEN.
DU WEISST NICHT, WIE DEINE EIGENE BRAUT AUSSIEHT?
NEIN. SO PEINLICH DAS AUCH IST...
... ICH BIN IHR NUR EINMAL ALS KIND BEGEGNET.
BIS JETZT KENNE ICH NUR IHREN NAMEN.
BESTIMMT IST SIE ZU EINER WUNDERBAREN FRAU HERANGEWACHSEN.
WIE LANGE ICH AUF DIESEN TAG GEWARTET HABE...!

ICH HAB NOCH NIE SO WAS LECKERES GEGESSEN!
WIE NENNT MAN DAS?
LEER
DAS IST EIN SIMPLES SCHNITZEL-SANDWICH.
BIST DU WIEDER FIT?
VIELEN DANK FÜR DEINE FÜRSORGE
EHE
HE
HAB LANGE KEINE SO WEITE REISE MEHR GEMACHT. MEINE KRAFT WAR ERSCHÖPFT.
DU WARST MEINE RETTUNG!
ER IST ALSO VOR HUNGER ZUSAMMEN-GEBROCHEN!?
HAAAH...
EIN GLÜCK, DASS ES NICHTS ERNS-TERES WAR.
OH!
MÖCHTEST DU AUCH WAS?
DARF ICH IHM WAS ABGEBEN?
JA, EIN WENIG VOM BROT.
BROT?
HÄ?
AH!
ALSO... ÄHM... DAS WEISSE, WEICHE TEIL...
HIER!
...
DIESER KERL...

STARR
SEH-SCHÄRFE 0,01
WAS IST DAS?
MÜLL?
KIMONO...
EIN ALTER MENSCH?!
... WEISSES HAAR...?
EH?
SI...
SIND SIE O...
KNURRRRRRR
GRAPP
... KAY...?
HM?
ER IST JUNG...
MMH...
MMH...
KÖSTLICH!

NA, URARA?
HNNNG
DU WARST MAL ALS WELPE HIER, WEISST DU NOCH?
DILING
Tsukasa
Ich verspäte mich etwas. Warte am Bahnhof.
HM...
PUUUH...
KEIN MENSCH WEIT UND BREIT, WIE FRÜHER ...
BLOSS KATZEN ...
... INSEKTEN...
... UND KRÄHEN.
FLAPP
STARR
HM?

ES WAR EINMAL EIN BAUER, DESSEN ERNTE VON EINER SCHRECKLICHEN DÜRRE BEDROHT WAR.
ALS ER AM WEGESRAND EINE WEISSE SCHLANGE SAH, BOT ER IHR IM SCHERZ FÜR EINEN REGENSCHAUER DIE HAND SEINER TOCHTER AN.
DARAUFHIN...
... VERWANDELTE SICH DIE SCHLANGE AUGENBLICKLICH IN EINEN WEISSEN DRACHEN...
... BRÜLLTE EINMAL LAUT UND LIESS GEWALTIGEN REGEN AUF DAS DORF NIEDERPRASSELN.
AM ABEND ERSCHIEN DER DRACHE AM HAUS DES MANNES UND SPRACH...
»ICH KOMME, UM MEINE VERSPROCHENE BRAUT ZU HOLEN.«
DANN VERSCHWAND ER MIT DEM MÄDCHEN AUF DEM RÜCKEN IN DEN HIMMEL UND...
UND...?
DEN REST KANN ICH NICHT LESEN.
WIE DIE GESCHICHTE WOHL ENDET?
FIEEEP
ACH...
KRZ
KRZ
KRZ

WEISSER DRACHE - KAPITEL 1

INHALT

Weißer Drache

Weißer Drache

MEGURU HINOHARA